郑强 著

橘神传说

JUSHENCHUANSHUO

团结出版社

图书在版编目（ＣＩＰ）数据

橘神传说／郑强著. － － 北京：团结出版社，
2017. 9
ISBN 978 - 7 - 5126 - 5609 - 3

Ⅰ. ①橘… Ⅱ. ①郑… Ⅲ. ①长篇小说 – 中国 – 当代
Ⅳ. ①I247. 5

中国版本图书馆 CIP 数据核字（2017）第 238211 号

出　　版：团结出版社
　　　　　（北京市东城区东皇城根南街 84 号　邮编：100006）
电　　话：(010) 65228880　65244790
网　　址：http：//www. tjpress. com
E – mail：65244790@ 163. com
经　　销：全国新华书店
印　　刷：济南精致印务有限公司
装　　订：济南精致印务有限公司

开　　本：787 × 1092 毫米　1/32
印　　张：5. 5
字　　数：152 千字
版　　次：2017 年 9 月　第 1 版
印　　次：2020 年 6 月　第 2 次印刷

书　　号：978 – 7 –5126 – 5609 – 3
定　　价：36.00 元（平）

目录

第一章

楚地西南有一清江，古称"夷水"，自恩施齐岳山发源，其水质清澈，明镜透彻，有古人云："水色清照十丈，分沙石"。

八百里清江自齐岳山奔泻而出，水流湍急，婉转盘旋，在古城陆城汇入长江。秀丽清江水之清、浩荡长江水之浊，在陆城望江楼处激荡交汇，清浊分明，界线了然，令人叹为奇观。

陆城位于清江、长江两江交汇，处于武夷山脉与巫山山脉交界，交通便利，地理险要，自古为兵家必争之地，因三国名将陆逊在此筑城抗蜀而得名。

公元222年，吴军都督陆逊坐镇陆城，负责阻拦蜀军。有一天，陆逊巡查军情，发现城西一片山冈，周旋十里，怀抱六十四岗丘，山峦起伏，状如八卦，犹有神韵，问属下此地地名。属下告知，此地名八卦山。相传为太古之时，玄黄老祖，居昆仑，观四极，广收弟子，见此处风光秀丽，富有灵气，于是便在此开坛讲经传道，欣然忘返。突闻师尊叫唤，匆忙起驾升天，仓促之中，遗下八卦衣飘落在山上，把原本层峦叠嶂的重重山峰压成了八卦模样，后人遂将此地唤作八卦山。

陆逊观此地，后靠群山，远眺长江，乃观察敌情、指挥作战的绝佳场所，便在此设前线指挥。谁知，此后与蜀军作战，有如神兵天助，敌未动便知其去向，敌一动便有制敌良策，于是便有了以少胜多，火烧蜀军连营七百里的"夷陵之战"，迫使刘备败退白帝城，保住了一方百姓的安宁，保住了老城的平安。

人们为纪念陆逊的丰功伟绩，把筑城扎营的老城叫做陆城，而把八卦山上的前线指挥处唤做大战坡，取其在此大战蜀军之意。

而今讲的故事，就发生在这大战坡处。

第二章

　　大战坡为一处聚居几百户人家的村子，以郑、赵、刘姓居多。其中郑姓族长叫郑广。郑广祖上多年为官，家境殷实，自己又经营有方，不仅在城中有店铺，经营绸缎买卖，在乡下也有良田百多亩，为当地不多的大户之一。

　　虽为大户，但郑广为人宽厚仁义，喜广交朋友，行善济困，在当地名声很好，人皆称呼郑大善人。郑大善人的人缘好，不仅往来讨饭行乞的、救灾化缘的，路过郑宅没有空手而回的。就是周围生病遭灾的，不分族内族外，只要郑广知道了，都上门送米送油。

　　花无百日红，人无百样好。郑广成家立业二十年，与妻郑张氏夫妻和睦，相敬如宾。唯一的遗憾就是膝下无儿无女。眼见得夫妇两人已过不惑之年，还是没有为郑家添丁进口。两人为此寻医吃药不知多少，药没少吃，钱没少出，郑张氏的肚子依然没有一点怀孕的迹象。郑张氏为此急得没有办法，多次劝郑广另娶妾室，免得断了郑家的后。但郑广夫妻情深，怕有了妾室后妻妾不合郑张氏受苦，打定主意不纳妾。只对郑张氏说：命里有时终须有，命里无时莫强求。郑张氏也不再勉强，只好每天求神拜佛，祈求上天开眼，为郑家送一个子女来。

　　由于八卦山有玄黄老祖开坛讲经的典故，当地信佛者众多。不仅清江对岸的宋山上有法泉寺，而且溯江而上不远便有青林寺，皆是百年古刹，佛法深厚，香火鼎盛。郑广本是大户人家，平常皆有供奉。如今为了求儿得女，供奉自然越来越勤、越来越多。但即使这样，依然毫无起色。郑广劝郑张氏不再拜佛了，但郑张氏为求心安，反而拜得越来越勤了，在家中也供奉起了送子观音，晨昏叩首，早晚奉香，逢年节更是时节鲜果、金箔元宝堆得满满的。

郑广虽然说不强求，但心里还是喜欢小孩的。每当族人都新人出生，郑广必备一份厚礼，一来他是族长，作为族长要表一份心意，二来他喜欢小孩，自己虽然没有后人，但郑氏族人有了后，不会断香熄火，郑氏一族就会永远繁衍下去。

这天，同村郑道益的媳妇又生了个儿子，这是郑道益的第五个儿子了。郑道益与郑广同岁，两人是小时的玩伴，从小玩到大。郑道益家添了后，郑广作为族长，自然被邀请担任主事，张罗客人。

郑广高兴郑氏一门又多了一个强壮的后生，着人挑了时新的绸缎，还有秋后的新米及上好的面、油等，到郑道益家贺喜。

族长郑广自然被安排坐在主桌，陪着来郑道益家送祝米的外公外婆，当地俗称"家家"、"家公"。看着郑道益虎头虎脑的儿子，又担负着陪客的重责，郑广不由得多喝了几杯。

虽然郑广平常酒量大得很，但今天不知是高兴，还是看到郑道益家5个如龙似虎的儿子，想起自己无儿无女的处境，郑广喝了不多会儿便有了醉意，直嚷嚷着要跟"家公"连干三杯，"家公"本不胜酒力，直拿眼睛望着郑道益，让他来解围。

见族长这样，怕得罪了客人下不来台，郑道益忙把族长请到房内，让族长躺在床上，醒醒酒。自己转身又去招呼别的客人了。

俗话说：酒醉心明。郑广虽然喝多了些，但心里还是清醒的，感觉自己这样怕人笑话。躺了不多会，便想起身。但身子软绵绵的，起不来身，便只有躺在床上，听着外面热热闹闹的喝酒声。

说来也巧，隐隐约约中，郑广听了一些传来的话语，虽然不大真切，但还算听得清，好像是什么："没有后人，不配当族长"、"他不是真善人，如果是真善人，怎么会没有后呢？"这样的话。

郑广自认为平时乐善好施，为人随和，人缘很好，不仅本族人对他这个族长尊敬得很，就连外姓人也认可他是大善人。可今天这些话直刺入耳内，激得他硬撑着起来，几步便迈到了屋外。

屋外正在吆喝吃酒的客人，不敢当面对郑广说这些话，只敢背后嚼舌头。哪曾想正私下说着，郑广一下子就来到了面前。一个个惊得目瞪口呆。

郑广来到桌前，看到现在喝酒的有同族的郑大同、郑道本，还有吴天宝、赵兴盛、刘顺一伙人。郑广知道他们是一群游手好闲的散人，平时庄稼都懒得种，到了时节才下田胡乱弄一通，有时还误了时节。平时还喜好小偷小摸，被勤劳朴实的庄稼人看不起。特别是郑大同、郑道本他们，因为不务正业，自己身为族长经常在宗祠里教训他们，每每说得他们抬不起头来。

郑广没想到就是这几个自己平时正眼都瞧不上的人，竟然在背后揭自己的短处，气不打一处来，在桌上抓起个酒壶就要砸人。

眼看就要闹出大事来，在一旁招呼客人的郑道益连忙赶上前来，抱住了他，用手按住了酒壶，在他耳边低声说："哥，看我的面子，算了。"说完，用力按了按郑广的腰。

听了郑道益的话，郑广猛然一惊，酒有些醒了。郑广看了看郑道益，再四下看了看。只见院子里四周的一众亲戚和同村的族人，都望向这里。郑广知道现在这种场景，如果做得太过了，不仅显得自己小气，而且也让东家郑道益下不来台。本来非常喜庆的场合，自己一闹，像什么话？农村人办事讲究一个吉庆顺利，在送祝米这样吉庆场合出了这样的事，自己作为族长，也放不下面相来。

想到这，本来就宽厚仁慈的郑广知道自己该怎么做了。他笑着松开了郑道益的手，大声笑着说："道益弟，你今天在哪里买的酒，后劲怎么这么大，我拿一壶回家晚上喝去。"说罢，作势就要把酒壶拿走。

见郑广这般说，郑道益暗里舒了一口气，忙说："那敢情好，一壶够不够，再多拿两壶去。"说完用手拍了拍郑广的手，感谢他的好意。

郑广笑着说:"一壶就够我喝了,哪还用得着两壶。"说完拿着酒壶,摇摇晃晃地走出了院子,边走边对大家说:"你们喝着,我先走了,田里的草还没锄完呢。"

看到郑广走出了院子,刚才还吓得目瞪口呆的几个人呼了一口气:"还好他没听见,不然我们几个真下不来台。"

"哼,他没听见",旁边桌上的郑德顺老人呸了一声。他今天快80了,在村子里德高望重,但他最服郑广,族内的大小事务都帮衬着郑广。他认为郑广是一个好族长,是一个好带头人。"他听见了也不当回事,没这点肚量,能当得好族长?!"

见老人这样说,那几个人面面相觑,羞愧地低下头,匆匆地往嘴里扒拉着饭菜,再也不乱说话了。连前来贺喜的"家家"、"家公"们也都暗暗地竖起了大拇指。

第三章

虽然火气暂时压了下来，但郑广回到家里，越想心里也不好受，坐在椅子上直叹气。夫人郑张氏迎上来，问他："今天怎么回来这么早，没在那里多呆会，帮着招呼下客人？"

郑广心里生着闷气，把头扭到一边，直吁着长气。

郑张氏见他喝了酒，忙递过来一杯热茶。

郑广看也不看，把茶推到一边，茶洒在了茶几上，郑张氏心想今天这是怎么啦，平时两人再怎么吵嘴红脸也不至于这样吧。联想起他今天去郑道益家贺喜的事，心里猜想可能是又想起自己没有生养的事了。也难怪，不孝有三，无后为大。郑广的父母就只生了他一个人，没有兄弟姐妹，结果现在郑广连一个后人都没有。郑道益与郑广同岁的人，却同岁不同命，人家都已经有五个儿子了。

想到这，郑张氏就红了眼。知道丈夫为了她，没有再纳妾室，心里不好受。自己也喜欢孩子，可这么多年，寻医问药、求神拜佛，法法都想尽了，也没个结果。自己一辈子行善积德，从没做过损人折福的事，怎么就落个这样的命呢。现在衣食不愁，家大业大，可都是表面风光。没有子女，自己在外面头都抬不起来。心里越想越委屈，郑张氏不由得哭出声来。

见郑张氏哭了，郑广反而不好意思起来。两人夫妻情深，郑广又是个重情义的人。他忙拉过郑张氏，责怪她："这是怎么了，又没说什么，怎么还哭上了？"

郑张氏说："是不是今天看到郑道益家又添了儿子，心里不好受？"

郑广"唉"了一声，没有说话。

郑张氏说："有什么委屈就说出来，老憋在心里，当心憋出病来。"

郑广还是直摇头，不说话。

郑张氏想了想，说："昨天隔壁的李大婶说，梁山上的神灵得很，很多松滋、荆州的香客都来拜呢。"

见郑广不说话，郑张氏又说："听说梁山下面是佛教，上面是道教，道佛两教同处一山，并且还相处融洽，这可是世间少有啊。听说叫什么佛道同源，求神的都说灵得很呢。要不我们去拜拜。"

郑广一听又去拜佛，气不打一处来："拜神，拜神，神没少拜，香没少供，天天在家里还供尊观音，可也没什么用啊。"

郑张氏说："我们拜神，虽说没求来子嗣，但菩萨保佑，我们全家都平安得很啊。现在世道这么乱，我们能够平安就是菩萨保佑的结果了。当然，如果求得一男半女是最好的了，没有的话，也不强求，这不是你说的吗。"

女人讲起道理来，没人比得过。所以郑广聪明地闭上了嘴。

见郑广不再反对，郑张氏又说起了她的想法："我们就去梁山一趟，只当是散散心也好，听说那里的风景也不错。那里还有专门的打子岩，人们都说打中了打子岩，肯定会生养的。"

郑广拗不过夫人，只好答应明天一早就去梁山。

为避免旁人看见说闲话，第二天一大早，郑广夫妇没带别的随从，牵着头骡子就出了门。怕在路上遇到熟人，郑张氏早就想好了主意，"就说我们回娘家一趟，给咱娘送点今年的新米。"

可娘家在西边，梁山在南边，方向都不同。二人只好先向西边走了两里地，绕了大半个圈，才再往南边走去。

第四章

　　紧走慢赶，穿过探母沟，翻上黄金岈，二人在中午时分才到了梁山脚下。

　　梁山山势雄奇，风光秀丽，素有"小武当"之称，往来香客众多，其山麓为佛教观音禅寺，山顶为道观金顶。佛道共处一山，各供各神，各拜各祖，互不干扰，相安无事。有的香客专门来参拜佛门菩萨，自然在山脚大雄宝殿里。有的香客要求仙问道，则要上到山顶的道观。而从山脚到山顶，有七八里之遥，中途则有打子岩、天池、龙眼、藏经洞、观音梳妆台等诸多景点，引来无数游客争相观览。

　　郑广夫妇二人为求子求福而来，自然先在山脚观音禅寺奉香参拜，并且还重重地捐了功德。

　　不知是郑广心诚，还是功德捐得多了，寺时的和尚为二人念了八遍祈福佛号，并且留在寺内用斋。

　　郑广夫妇推辞一番，随着大师的安排，到后院用斋。从大殿到后院，路过拐角处，郑张氏见一老婆婆坐在地上，衣衫褴褛，啃着半个窝头，心生怜悯，忙拉着老婆婆一同用斋。

　　老婆婆不好意思地笑着说："老婆婆我没钱，能来拜佛就可以了，哪里还用得着吃斋饭呢。"

　　郑广知道老婆婆是没有捐功德，不好意思去吃斋。平时施舍救济惯了，郑广掏出两块碎银，递给老婆婆，说："老人家，您去请香拜拜菩萨，我们在这里等您一起去吃斋饭。"

　　老婆婆一愣，见郑广没有取笑的意思，忙笑着接过银子，说："那感情好，我给观音力士请三柱高香，观音一定会保佑你们的。"

　　待老婆婆请香来了，郑广夫妇邀请老婆婆一起到屋后的厢房里用斋。老婆婆欢喜地说："你们真是好人呐，我经常来寺庙里拜佛。家里穷，没钱请香，更没钱捐功德，也不意思在庙里吃斋饭。听说他们这里的斋饭好吃得很呢。"

郑张氏笑着说："好吃，那您就多吃点。"

观音禅寺的斋饭果然名不虚传。虽然知道都是素食，但一碗碗红烧肉、烧鱼块、糖醋排骨，活生生地，清淡素雅，让人食欲大增，郑广夫妇虽然信佛，在家里也经常吃斋，但还从来没吃这般可口的斋饭。而那位老婆婆更是连吃了三大碗，直到盘中的菜吃尽了才放下了筷子。

吃完饭，喝过茶，郑广夫妇商量着再去道观拜拜，顺便在打子岩碰碰运气。

听说郑广二人要到道观去，老婆婆也嚷着说要去，可自己就是爬不动了。

见老婆婆说得可怜，郑广笑着说："老婆婆，如果真的想去，我背您上去。"

老婆婆说："老爷别戏弄我老人家了，你送我钱让我请香就是积了大德了。我一个老婆子，可不敢让您这么珍贵的身子背着呢。"

说的也是，郑广本是大户人家，身上穿的光鲜亮丽。可老婆婆一身粗布衣服，虽说还干净，可左一个补丁，右一块疤，可能走路来的，鞋上还满是泥巴。

郑广说："老婆婆说哪里话，我也是种田人，侍弄庄稼也是一把好手呢。"

老婆婆说："老爷是好人我知道，可我怕脏了老爷的衣服哟。"

郑广说："不要紧，衣服脏了洗了就行了，老婆婆难得来一趟，想上山就上去看看，不然心里要后悔的。"

说完，不待老婆婆回话，背起老婆婆就往山上爬去。

虽说郑广年轻力壮，可梁山山势陡峭，平常一个人爬都有些吃力，郑广还背着一个人呢。

可说到就要做到，郑广宁可自己吃些亏，也要背老婆婆上山。郑广心想：自己的力气去了会来的，可老婆婆好不容易来一次，可以说是来一次就少一次了。老婆婆有向佛问道的心，自己就要成全她。

就这样，一步一步，郑广背着老婆婆往山顶爬去。几次到紧要处，老婆婆说："老爷，算了，算了，就把我留在这里，你们上山去吧"。可郑广说什么都要背老婆婆上山去。

爬到一半时，郑广气喘吁吁，汗如雨下，郑张氏心疼得用手帕擦着郑广脸上的汗，对郑广说："要不我们在这里歇一会儿。"

郑广说："还是快点上山去，我们在这里歇一会，老婆婆回家就晚了"。

就这样，郑广一口气把老婆婆背上了金顶。

到了金顶，郑广坐上地上直喘气，郑张氏陪着老婆婆供香礼拜。拜神完了，郑广也歇够了，又要背老婆婆下山。老婆婆说："你好不容易上来一次，还没拜神仙呢？"

郑广说："拜神只要人到心到就可以了，我们还是快点下山吧，免得回去迟了，不放心老婆婆一个人呢。"

老婆婆拗不过郑广，只好任郑广背着下山。

到了悬崖陡处的打子岩，郑张氏说什么都要郑广试试，老婆婆也说这打子岩灵得很，让郑广找块石头打打子。

打子岩，顾名思义，就是求子之人用石子抛向对面山上数十丈外的一处突兀扁圆形巨石，传闻击中者就能求子如愿。

郑广把老婆婆放在一处平坦地，四下寻了三块拳头大小的石头，瞄准对面山上的巨石，奋力扔去。

随着"铛，铛，铛"三声清脆的响声，郑广扔的三块石头都砸中了巨石。

老婆婆高兴地手舞足蹈："恭喜老爷，这三块石头都打中了，老爷夫人今年要有喜事了。"

郑张氏也高兴连连，直呼"菩萨保佑，菩萨保佑"。

郑广笑着说："谢谢老婆婆吉言，如果真灵验了，一定再来梁山还愿，到时候还要请老婆婆喝杯喜酒呢。"

老婆婆笑着说："喝喜酒的事到时候再说，现在老爷夫人心愿了了，可要好好歇歇了。"

郑广见老婆婆如此一说，看天色尚早，下山也快些，不会耽误事。自己也确实有些累了，就和夫人找了块山石，背靠背坐着歇息。

橘神传说

第五章

　　也许是真的累了，也许是砸中了打子岩，心里高兴，一阵山风吹来，郑广迷迷糊糊入了梦乡。隐隐约约中，郑广只感觉到一阵香气扑鼻，突然好像看到了老婆婆在对他说话。可那个人又不像老婆婆，老婆婆明明就在自己身边，那个人好像隔了很远似的。

　　只见那个人在轻声叫唤："郑广，郑广"。

　　郑广心里一惊，应了一声。

　　那个人说："郑广，本来你前世福薄，今生福浅，命中注定无儿无女。菩萨念你敬佛礼诚，乐善好施，特意奏请天尊，赐你一女，望好生教养，造福众生。"

　　郑广忙问："你是何人？怎么我前生今世。"

　　那个人说："你仔细看看我是谁。"

　　恍惚中，郑广向前走进几步，原来像老婆婆的那个人，慢慢变化，模样越来越年轻，神态庄严雍容，头戴宝冠，身披绵衣，腰束罗裙，手持净瓶。"咦，这不是我们经常拜的观音菩萨吗？"郑广心知是观音下凡了，连忙跪倒在地，磕头不止。

　　只见观音菩萨轻轻一挥手，郑广像被什么托着一般，缓缓站起身来。

　　观音菩萨轻启玉口："郑广，天赐你女，是你今世诚心礼佛、广结善缘的结果，望你教导你的女儿潜心敬佛，一心为善，广播善缘，广结善果，造福万民，不负佛心。"

　　郑广道："谨听菩萨圣言。即使菩萨不说，我们也要好生教养的"。

　　观音菩萨道："如此就好。世道艰难，你女应天而生，理应顺天而为，为天分忧，为民谋福。"

郑广忙回答："我们知道了"。

只见观音菩萨略一顿首，身下现出一座千叶莲台，散发出浓郁的香气。菩萨纵身上去，端坐在莲台中间，不一会，云雾缭绕，莲台缓缓升起，托着菩萨升天去了。

郑广忙跪倒在上，刚要磕头。突然一下子醒了。

郑广四下一看，似是梦境，却又不像是梦境。头顶依然艳阳高照，夫人依然在打瞌睡，只是老婆婆不见了踪影。

郑广忙唤醒夫人，郑张氏睁开眼一看，忙对郑广说："你唤醒我做什么，我还没谢观音菩萨呢。"

郑广一惊，忙问夫人："你做了什么梦？"

夫人说："像是梦，又不似梦。我刚迷迷糊糊的，只见一个人喊我的乳名。你知道，我的乳名我自己都快忘了，他怎么知道。我仔细一看，原来是观音娘娘。"

郑广问："观音娘娘说了些什么？"

夫人答："观音娘娘说，我们夫妇本来命中无子，是我们诚心礼佛，奏请天尊，特意赐我们一个孩子。我忙跪在地上答谢，只见观音给我一个小果子，那个小果子好奇怪，我从来没有见过。圆圆的，黄灿灿的。我问观音这是什么果子，观音说这是天上的仙果，特意从王母娘娘的后花园里摘来的。观音让我吃下去。我接过果子，按照观音说的，剥开果子的皮，只见里面一瓣瓣的，都是金灿灿的果肉，我一瓣瓣全吃下去了，又酸又甜，生津止渴，是我从来没吃过的味道。"

郑广问："吃下去了，之后呢？"

夫人说："我才刚吃下去，还没来得及谢谢观音娘娘呢，你就把我喊醒了。"

郑广似信非信："真有此事？"

夫人低头一看，自己手上还拿着一块果皮，外黄内白，忙递给郑广："你看，这果皮还软和着呢"。

郑广接过一看，说："说是梦吧，怎么果皮还在你手上。说不是梦吧，怎么我刚才也做了一个呢?"郑广便把梦中的情形向夫人讲了一遍。

听郑广讲完，夫人忙问："那位老婆婆呢?"

两人四下一看，哪里还有老婆婆的身影，老婆婆不知到哪里去了。两人心想，可能老婆婆是观音娘娘的化身，特意来点化他们的吧。

他们知道观音菩萨住在南海，忙跪倒在地，对着南方拜了三拜，口中喊着"感谢观音菩萨，感谢观音菩萨。"

第六章

说来也巧，自从梁山回来之后不久，郑张氏便有了喜。十月一到，便足月生下一个女婴。郑广夫妇知道这观音娘娘赐子，是自己多年行善积德的功德，是上天赐给他们夫妇的礼物。从此，便更是信佛行善，遵从观音教诲，决心好生教养女儿，让女儿为百姓造福。

因是观音赐女，观音菩萨端坐莲花，所以郑广与夫人商量，为不忘观音之恩，将女儿取名"香莲"。当郑广高兴地抱着女儿，叫着"香莲，香莲，你叫小香莲"，女儿好像听懂了似的，在睡梦中笑出声来。

待到女儿出生三天后，按时当地习俗，要"洗三"，也就是醮饭，酬谢送子的观音娘娘和土地菩萨。

好不容易晚来得女，又是观音娘娘恩赐，郑广想好好利用"洗三"答谢观音娘娘。当天早上，郑广除了例行的燃香祭拜观音娘娘，重新摆上新鲜供品后，又亲自挑着新米、面条等礼品，来到临近的青林寺，送给了寺庙的大师们，让他们共同分享家门添后的喜悦。

随后，郑长生又给老丈人张老秀才报喜。张老秀才对女儿一直没有为郑家添后也满怀愧疚。一听说女儿女婿晚来得女，自己当了"家家"，高兴得手舞足蹈，当下选定日期，去郑广家送祝米。

送祝米，是当地迎接新生最重要的庆典，就是家家、家公带着娘家的亲戚来贺喜。因郑张氏生的是头胎，并且成家二十年没得子女，所以张老秀才格外重视。当天一大早，由张老秀才领头，舅爷舅母等一并亲戚用"抬盒"抬着贺喜的礼物，在唢呐声中前

橘神传说

来贺喜。按照当地民俗，"抬盒"盒底层装糟米两斗，中层油条200根，上层装大小衣料、项链、长命锁、鸡蛋、红糖等，盒顶用绳子拴两只母鸡，外面用红纸贴封，由张老秀才亲笔写的祝词"弄瓦之喜，增辉彩悦"。

郑广早在家中请了方圆百里最好的厨师班子，宰杀了二头猪、五只羊，以及鸡鸭鱼无数，制作了当地待客最珍贵的"十大碗"宴请宾客。"十大碗"是当地在婚丧嫁娶等重要活动的特色宴席，一般由一碗头子（鱼肉糕）、二碗鸡子、三碗扣羊肉、四碗八宝饭、五碗蒸肉、六碗笋子鱿鱼、七碗杂割、八碗红肉、九碗汤、十碗鱼组成。

平常人家制作"十大碗"，因为花费较多，往往偷工减料。但郑刚的"十大碗"全部真材实料，分量十足，让前来贺喜的亲戚好友称赞不已，也让"家家"张老秀才得意得很。

郑广作为郑氏的族长，在当地颇有威望，不仅本族的都前来贺喜，一些外姓的也纷纷来道贺，喝杯喜酒，讨个吉利。就连原来有点矛盾的郑大同、郑道本和吴天宝、赵兴盛、刘顺等人，郑广都亲自上门报喜，希望他们冰释前嫌，重归于好。既然郑广亲自上门接了，郑大同等人也不好意思不去，虽然平常多有怨气，但谁也不敢当面顶撞郑广族长，所以郑大同等人也很捧场，都来贺喜了。

本来挺圆满、挺吉庆的场所，谁知出了岔子。

第七章

农村人喜事讲究个吉庆，中午的"十大碗"吃完，东家老板郑广热心地留客多玩会，在家里吃了晚饭再走。郑大同等人本就是游手好闲之人，没有正经事做，田里的事也少打理，所以吃完了饭，就主动邀约"家公"张老秀才坐下打起了"花牌"。

"花牌"是乡间流传的一种娱乐活动，相传是为纪念孔子而发明。"花牌"共100张，三字为句，如上大人、可知礼、孔乙己、化三千、十七土、八九子等，暗合民间流传的"上古大人，孔丘一人而已；他教化弟子三千，其中有七十二位贤人；八九个得意门生，可知周公之礼"之意。

陪"家公"打牌的一个三人，除郑大同、郑道本外，另外还有一个吴刚，是郑广城里绸缎买卖的掌柜。郑广对吴刚有救命之恩，当年饥荒之年，吴刚随母亲讨饭来到了大战坡，郑广给他们端来二碗干饭。虽说几天没吃饱饭了，但吴刚还是让母亲先吃。于是郑广便认定吴刚孝顺、知礼，正好自己田里的事也忙不过来，所以就收留了他们母子，在家中包吃包住。待农闲时还送吴刚到城里学起了买卖。等吴刚学成出徒后，便出资在城里开起了绸缎店，请吴刚当起了掌柜。对郑广的救命知遇之恩，吴刚是没齿不忘，因自己父亲早亡，便主动认郑广为干爹。当时郑广夫妇还没有孩子，心想有个吴刚养老送终也是挺好的，便待吴刚象亲生的一样。吴刚也懂事报恩，逢年过节上门拜贺是不必说的，郑广夫妇生日也备了礼物前来祝贺。这次郑广夫妇晚来得女，更像个当家人一样，把这件事当成了自己的事来办。从物质采买到雇请帮忙的，都一手一脚的操办。见"家公"张老秀才要打牌，便主动上桌陪起了客人。

当天不知是手气好，还是技术高超，张老秀才上桌没打几牌，就连和了几个"大胡"。

吴刚本就是陪客的心理，输赢没放在心上，可郑大同、郑道本不同，他们本就想靠打牌赢钱过生活的，输了几文钱后，两人便有些坐不住了。吴刚知道他们心里有鬼，时刻提防着他们。

眼看着本来不多的本钱要输光，郑大同郑道本两人对望了一眼，打起了"小算盘"。两人趁张老秀才只注意看自己的牌时，偷偷地从桌子下面换起了牌。这一切吴刚都看在眼里，可这样的场合，他也不好随便说什么，只轻轻咳嗽了几声以示警。刚开始时郑大同他们还有所收敛。可张老秀才火气正旺，又是连和了个大胡，把郑大同仅有的一点小本钱都快打没了。

眼看就要荷包"淘干"，郑大同不甘心，也不顾吴刚的示警，心想吴刚一个外人，不会把他们怎么样。便明目张胆地和郑道本换起了牌，有时甚至还在底下偷牌，张老秀才人老眼花，看不清楚。可吴刚心里眼里明镜似的，虽说不便明说，但郑大同他们搞的太出格了，又偷牌又换字，还连捉了张老秀才几个"大冲"。吴刚坐不住了，趁郑大同又一次换牌时，迅速捉住了他换牌的手，大声呵斥："干什么，好好打牌吧"。

这一下，大家都看到了郑大同和郑道的"小把戏"，便纷纷围上前来。

在民风淳朴的乡下，打牌耍鬼被捉住了现场，那今后就再也没人同你玩耍了，这就叫"掉了老底子了"。吴刚这一下不要紧，可要了郑大同郑道本的老命了。郑大同郑道本都是游手好闲惯了的，最讲究一个"面子"。这一下在本村同族人面前这样没面子，两人脸一下红透了。

听到前院里人声吵嚷着，本在后院盘点晚上吃食的郑广忙跑到前院来。一看到眼前这个场景，郑广心里有了数。虽说郑大同郑道本他们不地道，可毕竟"来的都是客"。相对于"家公"张老秀才和吴刚来说，他们显得就是外人了。郑广深知，在这样的喜庆场合，宁可自己人吃点亏，也不要怠慢了外人，否则同村的乡邻嚼舌根就够你受得了。所以，郑广喝住了吴刚，把吴刚抓牌的手松开，向围观的人群说道："吴刚，你喝多了吧，打牌么你看自己的牌就行了，怎么还拿起别人的牌来了。"说完朝大家笑了笑，说："大家继续玩，都不要走了，晚上我包饺子给大家吃"。

郑广的一句话给了众人一个台阶下。吴刚也是聪明人，就势一说："哎呀，也真是喝多了，打不成牌了，我找个地方躺一下。"

郑大同郑道本也自言自语地说："家家的牌打的真好，我们都要输完了，不打了，不打了。"

就这样，一场危机在众人的哄笑声中化解了。但有些明白人还是知道发生了什么事，背后对郑大同他们指指点点。郑大同郑道本他们心里也清楚，虽说表面上风波没了，但以后自己的名声更臭了，再要在这块头上混就更难了。所以他们对吴刚可以说是恨之入骨，他们暗暗商量，要找个机会让吴刚出出丑，"背点失"。

第八章

绸缎庄的生意一直由吴刚打理，郑广只在每月初五、十五、二十五去绸缎庄看看生意，盘盘存，算算账。自从有了女儿以后，郑广更懒得去了，每天除了地里的活，便呆在家里，陪着夫人，逗着女儿，享受着天伦之乐。所以每月便由吴刚把账本拿回乡下交给郑广过目。说是过目，郑广充分相信吴刚，每次说不用麻烦了。可吴刚知道分寸，仍然坚持每月跑来跑去。为了不耽误买卖，吴刚便在月末的最后一天下午，早点打烊，把账本拿回来，汇报一月的收支明细。

这天便是送账本的日子。郑大同郑道本他们也选在这天，约上了吴天宝、赵兴盛、刘顺这一伙狐朋狗友，早早地埋伏在村口的高粱地里，只待吴刚来时便打他一顿，抢他账本，让他交不了差。

说来也巧，当天吴刚打烊的早，来到村口里天还大亮着。吴刚到了村口，又遇到了熟人郑大全。郑大全是郑广的邻居，吴刚在郑广家里讨生活时，两人经常一起玩耍，所以相熟得很。两人说着闲话便进了村，郑大同他们眼瞅着吴刚大摇大摆地进村，也无可奈何，不好硬抢。便只有气呼呼地继续蹲在高粱地里，盘算着等吴刚出村回城时再行算计。

谁知，当天郑广高兴，留吴刚多喝了两杯。两人喝完酒送吴刚回城时，女儿早早地睡着了，郑广便拉着吴刚的手，边走边聊。吴刚劝郑广早点回去歇着，可郑广一说起女儿的趣事便停不下来，一会儿说女儿每天要把七八次尿，洗尿布都洗不过来，一会说女儿要学说话了，谁知开口喊的既不是爹，也不是娘，而是菩萨，郑广问吴刚："你说奇不奇怪，哪有娃娃刚开始说话就喊菩萨的？"

两人边走边聊，好不容易来到村口，吴刚正要告辞回城，可郑广像话没说完似的，拉着吴刚不松手，还在那里边说边笑。

可郑大同他们就惨了，忍饥挨饿地在密不透气的高粱地里蹲了一个下午，好不容易吴刚来了，又不敢动手。现在吴刚要回去了，可郑广又不放他走，如果要晚了，吴刚出村骑上马，他们想追也追上了。

赵兴盛恶狠狠地说："干脆把他们俩都打一顿，出出气算了。"

郑大同和郑道本相互望了望，心里思忖：吴刚害我们丢了人，失了脸面，确实该打。可郑广是族长，平时待我们不薄，虽说有时候在族人面前说我们两句，可也下不得手。

正在暗自思量时，可吴天宝和刘顺嚷嚷起来："对，要打一块打，打完了好吃饭，老在这里呆着也不是个事。"

说完，他们率先冲了出去，郑大同他们也只好跟着冲出高粱地。

郑广吴刚正走着好好的，突然五个蒙面的大汉拦住了去路。吴刚心想不好，遇到打劫的了。可这是在乡间村口，来往的都是贫苦百姓，怎么会在这里打劫？

郑广酒还没有醒，见有人拦住去路，喝道："什么人，在这里干什么？"

赵兴盛怕郑广听出声音，故意哑着嗓子说道："我们是过路的，想借点银子用用。"

郑广笑道："朋友，借银子到官府到当铺去借，我们这是乡里贫苦人家，哪有银子借呀。"

刘顺"呸"一声："打就打，扯这些废话干什么。"说完，挥舞一根木棍便朝吴刚打了过去。见他一动手，郑大同他们便都拿起家伙朝郑广吴刚两人打来。

虽然有所防备，但毕竟寡不敌众，双拳难挡四手，再加上又刚喝了不少酒，郑广吴刚他们抵挡不一会儿，便被打倒在地。

见两人倒在地上，郑大同便停了手，毕竟他们只想教训一下吴刚，没想真的闹出什么事来。

可赵兴盛他们还在继续打，边打边嚷："叫你多话，叫你多事"。

郑道本忙拦住赵兴盛他们，低声说："算了，气也出了，难道还要闹出人命来吗。"

见郑兴盛这般说，郑大同也没打了，赵兴盛他们便都住了手，五人怕动静闹大了，有人来了，便急急忙忙地跑出村了。

见五人走远了，吴刚才慢慢爬起来，去察看郑广的伤势。郑大同他们也只想教训一下，并没有下狠手，只是些皮外伤。吴刚见郑广没有大碍，便搀扶着回到了郑广家。

一进家门，郑张氏看到两人浑身上下伤痕累累，有的地方还在流血，忙追问是怎么回事。

郑广说："没事，一点皮外伤，去把门关上。"

郑张氏忙到门口，向外望了望，并没有什么人，便把门关上。

郑张氏取来伤药，为两人清洗伤口，作了些简单的包扎后便问是怎么回事，要不要报官。

吴刚说："我们在村口遇到打劫的了。"

郑张氏说："打劫，怎么打劫到我们乡里来了，我们这里有什么打劫的。"

吴刚说："我也看不像，他们不像抢银子的，把我们打了也没搜身。如果真是打劫的应该要搜身才对。如果说是仇家寻仇的，打的也不重，没下狠手。也不知道到底是干什么的？"

郑张氏说："我们在这里少说也有上百年了，没听说有什么仇家啊。我们一直都是行善积德，也不得罪什么人，怎么会有仇家呢？"

郑广说："都别瞎猜了，我知道是怎么回事。"

郑张氏说："到底是怎么回事，怎么会下这样的黑手呢？"

郑广说："算了，算了，又没出什么事，大家今后小心点就是了。"

郑张氏说："还是报官吧，让衙门的人来查一查，也吓一吓那些坏人。"

郑广说："不用报官。报官查不出来，我们脸面上不好看。报官查出来了，把那些人关了他们也不好过。"

郑张氏说："现在还想这些干什么，他们打了你们，还为他们考虑他们不好过？他们是你什么人呀？"

郑广恼了："唉，算了，我说不用报官就不用，报官了光有些麻烦事，还伤和气。"

郑张氏说："不报官，就怕他们以后还来打人怎么办？"

郑广说："以后不会了，我们也小心点。"

吴刚见郑广这样说，小心地问："干爹是不是知道是谁了？"

郑广说："他们虽然蒙了面，但我从说话中听出来了。我们在这里也没有什么仇家，要说有，也只有他们了。也算不上仇，只是平时有些怨气罢了。"

郑张氏忙问："到底是谁，下这样的黑手，不敢明目张胆的来？"

郑广见他们追问，也是为自己好，才不情愿地说："是郑大同郑道本他们。"

郑张氏一惊："他们？为什么，你对他们这样好。他们还下这样的黑手？"

郑广说："他们是怎样的人，你又不是不知道。我原来那样做，也是尽我族长的本分。"

郑张氏说："郑大同的爹娘死了都是你负责安葬的，他家没钱，也是你拿钱出来买棺材的。他难道忘了？还有那个郑道本，从小死了娘，小时候经常生病，他爹哪回不是往我们家里送，由你领去看大夫，现在长大了爹管不住了，还来打你？"郑张氏越说越气，她心疼丈夫和干儿被人家莫名其妙地打了，更气不过原来受恩于自己的人，不求回报也算了，竟然还来打自己的恩人了。

郑广说："算了，我们本来帮他们，就不求什么回报，只求自己心安。你难道忘了观音菩萨是怎么教诲的了？"

一提起观音菩萨，郑张氏不由得回想起自己好不容易得来的宝贝女儿，这个女儿也可以说是自己行善积德的结果，没有行善，也改变不了自己无儿无女的命运。自己处处行善，才感动上天，感动观音，赐自己一个宝贝女儿。想到这，郑张氏的心稍微放宽了些。可她还是不懂："我们不求他回报就算了，可我们又没有什么仇，为什么要下这样的黑手打你们呢"？

郑广说："可能是我在族人会议上，经常说他们不务正业，荒了田地，到处游手好闲吧。他们记恨在心，才下手的吧。算了，反正打的又不重。"

吴刚这时插嘴说："干爹，您处处为他们着想，不报官，怕衙门抓他们，可不给他们点教训，他们今后不知道你的好。"

郑广说："报官后，把他们抓了又能怎么样，郑大同还怎么娶媳妇？郑道本的老爹谁来养活？"

吴刚说："那就不抓他们，打我们的一共 5 个人，还有 3 个呢？"

郑广说："那几个还不是跟他们一块玩的赵兴盛他们，他们的情况我都清楚，都是家里穷的叮当响的，没钱赎他们出来，还不得在牢里坐几年牢？再说抓了赵兴盛他们，肯定会带出郑大同郑道本的，还不是一样都要坐牢？"

吴刚说："那怎么办？就这样放过他们？他们还不认为我们好欺负？"

郑广说："为人不做亏心事，半夜不怕鬼敲门。虽说我们不报官，也不是怕他们。到时候我找机会跟郑大同郑道本他们好好说说，他们都是我从小看着长大的，人并不坏，只要把道理讲通了，他们会听的，还是要引他们走正道。不然没人管最后就只有上山当土匪了。"

见郑广这样说，郑张氏和吴刚也不再说什么。

第九章

时间一天一天过去，在郑广夫妇的精心养护下，小香莲很快长大了。

郑广本是大户人家，虽然香莲是女儿身，但郑广依然在家里聘请了本族的郑老秀才为师，教授香莲读文识字。郑广不求香莲考取功名、光祖耀祖，只是想按照观音菩萨教诲的，以后能够知书达理、顺天而为，为天分忧，为民谋福。

郑老秀才是远近闻名的老夫子，学问很深，但祖上积财不多，自己也不善经营，秀才又换不来饭吃，所以经常饥一餐饱一顿的，平常多亏族长郑广照顾，才不致流落他乡。郑老秀才素来信奉无功不受禄，一直找不到机会报答。这次郑广聘请为私塾老师，郑老秀自然满口答应，倾囊传授。

郑老秀才从最初的识文断字开始，教授小香莲一些简单的《三字经》、《论语》之类的启蒙书籍。小香莲天资聪慧，一学不会，一点即通，小小年纪就能够熟读这些诗文了。

由于有了观音娘娘的教诲，郑张氏也有意识地给小香莲教导一些佛学知识，教她行善仁慈。不管是每天在家里供奉观音菩萨，还是逢年节到附近的青林寺拜佛祭神，郑张氏都把小香莲带着，让她早日领悟佛法的仁慈祥爱之意。不知是天赐因缘，还是佛法广大，小香莲从小就对佛祖菩萨格外喜欢，别的小孩进到庙里，看到张牙舞爪的佛像，便吓得哭起来，更不肯到庙里去奉香跪拜，而小香莲十分喜欢到庙里去，有时到了年节，郑张氏因为别的事耽误了，小香莲还吵闹着要去庙里。说来也巧，不管小香莲在哭在闹，或是在睡觉，只要一去到庙里，便十分的安静祥和，像进了家一样，像进了母亲的怀抱一样。每次给佛祖菩萨燃香供奉，小香莲都恭敬有加。每次听和尚大师们诵经唱佛，小香莲都听得如痴如醉，久久不愿离去。

除了到佛门教导小香莲外，郑广夫妇也深知"以身渡人"的道理，在平常生活中更加行善积德，让小香莲耳濡目染。

郑家是方圆知名的大户，更是众所周知的大善大德之家。每次村里来了乞讨的人，别的人家给半碗饭、吃剩的馒头等，而郑张氏从来都是饭菜管够，临走时还装上几碗米几个馒头。而在做这一切的时候，郑广家上上下下，不管是郑广夫妇，还是佣人，都是面带微笑，十分自然，从来没有施舍的语气和表情，让人觉得和回家吃饭一样自然。

的确是和回家一样，当乞讨的人上门时正赶上郑广家吃饭时，郑张氏总是邀请他们一同吃饭，完全不顾乞讨人风尘仆仆，有时甚至浑身泥水。郑张氏总是对小香莲说：他们就是我们的家人，我们要随时做好和他们分享食物的准备。当最初小香莲不理解时，郑张氏说：他们虽然和我们不常往来，但我们都是佛祖的子民，我们都是兄弟姐妹。我们有什么东西都可以拿来分享。

就这样，在父母的熏陶和影响下，小香莲从小就有了分享的概念。不管是在家里，来了客人，来了前来乞讨的人，小香莲都把他们当成家人一样，食物拿来共同分享，衣服拿来共同分享。就连在村里和小伙伴玩耍时，小香莲都把自己家里的玩具，拿来和小朋友共同玩耍，自己知道的一些趣事、笑话，说出来和大家共同分享。由于小香莲和蔼可亲，没有大家小姐的架子，大家都喜欢和她玩耍，分享他们的喜怒哀乐。小香莲从小就知道了分享的快乐和力量。

时道艰难，不仅战乱频发，人们生活艰苦，加上天公不作美，不是干旱就是洪涝，田里的收成很少，外出乞讨的人日渐增多。虽然郑广家行善积德，但前来乞讨的人越来越多，郑张氏和郑广商量着每天把饭尽量多做一些，来送给乞讨的客人们。有时为了不让客人空手而当，宁可自己饿肚子。看着这么多上门的客人，小香莲问妈妈："妈妈，有什么东西，可以让我们得到更多的食物给客人们呢？"虽然当时妈妈没有回答，但最后小香莲找到了这种可以获取更多食物的东西。

第十章

　　如何处理与郑大同郑道本的关系，是让郑广头疼的问题。虽然郑广作为郑氏的族长，可以在族人大会上公开地批评他们，可以让族人共同教育他们，但郑广知道，这样虽然短时间有效果，但郑大同郑道本他们不服气，心里的疙瘩永远在。

　　这天，郑广打听到郑大同郑道本他们都家无余粮，准备出门做工讨活路时，便上门找他们，喊他们到家里吃饭。

　　自从上次打伤郑广和吴刚后，郑大同郑道本怕被人知道了，更怕郑广报官，便出门躲了一段时间，之后见没有什么动静，以为郑广不知道是他们干的。便又回村里来，但毕竟心里有鬼，又不敢见郑广。所以几次族里的聚会都没有参加，有时候家里没米吃了，也不好意思到郑广家借粮。只好东借一点西挪一点，到清江河里捞鱼虾，甚至上山挖野菜勉强度日。这次见郑广亲自上门请吃饭，不知道是怎么回事，去吧，怕嘴多话长，把上次打人的事说漏了嘴，不去吧，又怕郑广起疑心，更舍不得这顿好吃的。所以两个人商量了半天，直到饭点要过了，才犹豫着来到了郑广家里。

　　一进屋，就看到吴刚在屋里坐着。不知怎的，吴刚见了他们也不打招呼，只有郑张氏笑着迎上来说："哎哟，大侄子，真是稀客啊，请都请不来。快来坐。"

　　听到郑张氏的招呼，两人笑着说："哪里，哪里，最近有点忙。婶婶可好？"

　　郑张氏说："现在这个世道，哪里有好的，有饭吃就不错了。快来桌上坐，广叔在厨房里炒菜马上来。"

　　听到外面的声音，郑广从厨房里端着菜出来了，大声笑道：

"大同、道本来了，快来坐，吴刚把酒拿来斟上。"

听了郑广的吩咐，吴刚拉长着脸，极不情愿地从里屋拿来酒壶，往桌上用力一放，"要喝自己倒去！"

郑广喝道："你怎么这样，客人上门了要好生招呼才是。"说完，拿起酒壶，亲自为郑大同郑道本倒酒，笑着说："不管他，最近生意不好，吴刚他心里着急。"

郑大同、郑道本对望一眼："不碍事，不碍事"

郑广端起酒，敬郑大同、郑道本："大侄子，很长时间没见到人了，请两位来喝顿酒，叙叙旧，大家不要见外，当自己家里一样。"

郑大同、郑道本忙说："广叔说哪里话，广叔怎样对我们，我们心里有数。最近有点事，没给广叔请安，请广叔不要怪罪。"

郑广说："这是哪里话，我老了，今后就全靠你们了。来，敬你们一杯"。说完，端起酒杯一口而尽。郑大同郑道本也都喝了。

虽然喝了第一杯酒，但郑大同郑道本心里还是七上八下的，不知道郑广的真正用意。

郑广见他们没有吃菜，招呼道："来啊，吃点菜，好下酒。"说完，为两人分别舀了两大勺肉菜。

当下可是饥荒年份，就是大户人家除了逢年过节才吃这么多肉菜，平时也少见肉荤。郑大同郑道本他们本来就没有吃的才准备出去逃难的，现在一下子这么多肉菜，两人也就不客气了，狼吞虎咽起来。

郑广边奉菜边劝酒，郑张氏和吴刚也坐下相陪。

酒过三巡，菜过五味。郑大同小心翼翼地问："不知广叔喊我们来喝酒所为何事？"

郑广说："没有什么事，难道没事还不能喊你们来吃饭了？"

郑道本说："那是，那是，我们平时多蒙广叔婶婶照顾，不知从何报答，内心实在有愧得很呐。"

吴刚在一旁恨恨地说："先不谈报答，只要不背地里下黑手就阿弥陀佛了。"

郑大同、郑道本听了心里一惊，都在心里暗想：该不是那件事他们知道了吗？知道了为什么又不报官呢？两人心里有鬼，又相互对望一眼，从对方眼里也没看出什么来。

郑广说："我作为长辈，又是族长，照顾你们是应该的。哪里谈得上什么报答。只是现在世道不太平，收成又不好，照顾不周啊！"

郑大同郑道本忙说："哪里，哪里，广叔婶婶对我们够可以了的，是我们自己不争气，还让你们操心。"

郑广说："我知道现在你们家里存粮不多，到秋收还有几个月，你们有什么打算啊？"

郑大同答："都是我们不好，田里的活路没怎么上心，收成一年不如一年。现在家里没粮吃了，我们准备出门去找点事做。"

郑张氏说："唉，现在兵荒马乱的，哪里找得到事做，啥事找不到还把命丢了。"

郑广也点头说道："是啊，现在世道不太平，出门要万事小心才好。"

郑道本低头说："我们也知道，不想出门，可不出门没有办法啊。"

郑广说："这样，现在我这里有一点事做，不知道你们干不干。"

郑大同和郑道本对望一眼，说："那感情好，如果不出远门，又有事做，谁不想干呢？"

郑广说："是这样，绸缎庄要进一批货，吴刚要出门一段时间，现在到处打仗，原来进货的路线走不通了，要弯几个地方，路上可能要走大半年。我在家里照应不到城里的生意。想请你们帮忙照看一下城里的生意，也没什么事，现在生意行情不好，平时生意也不多。如果有了生意，也有两个年老的伙计在照看，你们就是帮忙看管一下就行了。"

郑大同郑道本说："我们虽然做过一两年生意，可不知应付不应付得过来。"

郑广说："我信任你们，不要紧。放心去做。工钱就暂定一两银子一个月，怎样？"

一两银子?！要知道，平常庄户人家一年忙到头也赚不到 2 两银子啊。这一个月就一两银子。哪里找这样的好事去？

郑大同说："这工钱太高了，我怕我们做不好。"

郑广说："哪里话，工钱是我心甘情愿给的，你们做不做得好也是这个价钱。不要紧，大胆地做，有我在后面担着呢。"

这时，郑道本突然碰了郑大同一样，使了个眼色。这一切，郑广看在眼里，漫不经心地问："怎么，道本有什么事？"

郑道本急忙说："没事没事。"

郑广说："没事就好，那你们什么时候可以去上工呢？"

郑道本说："上工？我们考虑一下，好不好？"

这时吴刚恨恨地说："还用考虑，这简单是送钱给你们呀。"

郑大同说："广叔，我们知道你们是为我们好，可眼下我们有一件着急的事要处理。"

郑张氏插话说："有什么着急的事，比吃饭还着急呢？"

郑大同说："也不是什么着急的事，关键是现在时机不凑巧。"

郑广说："说说看，兴许广叔我能不能帮得上忙呢。"

郑大同、郑道本两人支吾了半天，终于郑大同说了出来："我们该死，我们该死，广叔、婶婶，去年我们同刘顺、吴天宝、赵兴盛他们几个耍牌，欠了他们不少的赌债。现在没钱还了，说好了跟他们出门做事来还债的。"

吴刚冷笑一声："败家子！"

郑广说："原来是这样，你们欠了多少债？"

郑大同说："本来是欠六两银子，可息滚息利滚利，到今年已经涨到十两银子了。"

郑广说："这么多银子，你们拿什么还债？"

郑道本抢着说："我们哪有银子还债，最后和他们说好，我们去饿虎岗做半年工来还债。"

郑张氏说："饿虎岗，那里是一个土匪窝子啊。"

郑广说："那里有什么事做，该不是要你们去当土匪吧？"

郑大同他们低着头不说话。郑广心里有了数，盘算了一回，说："这样，这钱我出了，你们拿去还债，也不要去饿虎岗做事了，安心来绸缎庄做事，好不好。"

郑大同郑道本忙说："那使不得，我们知道您现在也不宽裕。"

郑广说："我再不宽裕，这点钱紧一点还是可以省出来的。但你们一旦上了饿虎岗，要想回头就难了。一日为匪，终身是匪啊。"

想到上山为匪的后果，郑大同、郑道本低下了头。

郑广说："想当年，我答应过大同你爹娘，要照顾你，我没尽责啊。还有郑道本你上了山好说，可你的老爹怎么办呢？"

郑广对郑张氏说："你去拿十两银子来。"

待郑张氏从后房里拿出银子来，郑广交到郑大同手中，说："大同、道本，如今我银两也不多，但这点钱你们收下，算我尽我族长的长辈的一点职责。你们马上去还给吴顺他们，把账清了。好不好？"

郑大同接过银两，哽咽着说："广叔，您的大恩大德，我们这辈子都忘不了。"

郑广说："你们还要答应我一件事。"

郑道本说："什么事，只要我们能做到的，别说一件，就是一百件我们都去做。"

郑广说："哪有一百件，我也不会让你们做什么见不得人的事。我只要你们答应我，今后再不赌钱了，也不要跟吴顺他们来往就行了。"

郑大同郑道本连声说："那是，那是。广叔的心意我们知道。只要把他们的赌债还了，我们今后再也不跟他们来往了。"

第十一章

大战坡一带背靠武夷山脉，清江水绕村而过，交通便利，民风淳朴。在日常的劳动中，为解乏寻乐，人们创作出一批诙谐、幽默、睿智的民间谜语、谜歌、谚语、故事、笑话、歇后语等，由村民口口相传，成为当地独具特色的民俗。尤以谜语最为活跃，也最受群众喜爱，村民们擅长于制谜、猜谜，痴谜成风。在当地，特别是大战坡和相邻的青林寺，经常组织谜语比赛，年节时分，人们相约比试自己的得意之作，不仅猜谜射谜，而且赛唱谜歌。

在学习之余，小香莲的老师也经常和香莲相互猜谜射虎，不仅增强思维理解能力，而且活跃学习气氛。随着郑老秀才全心教授，加上天资聪慧，小香莲猜射技能提高得很快，不仅老师出的谜语难不倒她，她还经常代表大战坡与青林寺进行猜谜比赛呢。

比起简单的猜谜，小香莲更喜欢的是唱谜歌。唱谜歌跟唱山歌、对歌一样，是乡亲们劳作之余的闲趣节目。谜歌又不同于山歌，他以谜语为题材，在座丧鼓、踩高跷、薅草锣鼓、栽身锣鼓等一些农村民俗和生产劳动中随便可见，人们张口就来，以歌出谜，顺韵唱答，经常吸引着小香莲着迷不已。唱谜歌需要逗趣斗智，一般两人一唱一和，一人唱出谜语，一人必须唱出谜底，否则就输了。

也许小香莲是女儿身，天生对唱歌之类的比较感兴趣，每次有唱谜歌之类的活动，小香莲都乐颠颠地跑去参与。

这天，小香莲刚做完老师布置的"七律"诗的作业，就听到屋后的山坡上传来一阵谜歌：

无兄无弟无爹娘，

身穿一件破衣裳，

地主要它守田地，

孤身站在田中央。

　　香莲正愁没地方玩去，听到谜歌马上跑到后山，一看原来唱歌的是邻居赵秋山。这个赵秋山只比香莲大一岁，整天摆着一幅大哥哥的样子，有时候香莲找他去玩，可他还睬都不睬，不是帮爹娘做事，就是和小伙伴到清江里捞鱼虾。今天是怎么啦，象很高兴的样子，还在唱谜歌呢。

　　香莲有意要冲他一冲，便顺口接出谜歌来：

茅草人儿来站岗，

不吃饭来不喝汤，

数九寒冬穿单衣，

伏天不怕晒太阳。

　　赵秋山一看是香莲在接他的谜歌，马上头一低就要回家去。可小香莲的谜歌的瘾还没过呢，怎肯轻易放他走，马上又回了一首：

四四方方一块地，

就地搭台唱大戏，

凤凰点头唱得好，

唱得雪花落满地。

　　小香莲唱完了，正等着赵秋山回谜呢。可赵秋山一声不吭，依然低着头，要回家去。小香莲可不干了，紧赶两步，拦在了赵秋山的面前："喂，怎么回事？唱了还不回，是不是不会哟？"

　　赵秋山抬头看了她一眼，又低下头想往旁边过去。见他要躲，小香莲小不知事，脾气上来了，向左移了两步，又横在了他面前："我又不是老虎，干吗要跑呀？"

赵秋山见过不去了，心想不说清楚是不会放他过去的。便低声说："我娘不让我和你说话。"

小香莲一听，问："赵大娘，为什么不让你和我说话，我又不会吃了你？"

赵秋山说："我娘说你是大户人家的小姐，我家是佃户，见你面要喊小姐的，我又不想喊，所以我娘就不让我和你说话了。"

小香莲着急地说："我什么时候让你喊过我小姐，我爹也没让你喊过老爷呀。"

赵秋山说："喊是没喊过，但身份是摆在这儿的。不喊你也是小姐，你爹也是老爷。"

小香莲说："我什么时候当过自己是小姐，我看你才是少爷呢。每次想跟你跟玩都不理我。"

赵秋山说："你是大户人家的小姐，我是佃户，玩不到一块去的。"

小香莲说："怎么就玩不到一块去。我昨天想让你带着我到宋山去采菌子，你老早就走了也不带上我。还有上次你去清江里捉鱼，我也想去，结果你又不理我。"

赵秋山说："那是男孩子才干的事，你一个女孩子跟着干什么。"

小香莲说："什么男孩子女孩子的，为什么每次郑小妹都可以跟着去。我看你就是不带我去。"

赵秋山说："郑小妹也是佃户人家的女儿，她以后也是要做这些事的。你一个大户人家的女儿，是要在家里读书做女红的。"

小香莲说："我不管做不做什么女红的，我也要跟着你们去玩。"

赵秋山说："我们哪里是去玩，我们是去做事情呢，帮家里寻吃的呢。"

小香莲说："那我也要去，你们弄的吃的比家里做的好吃多了。"

赵秋山说："你不怕你爹娘打你。"

小香莲说："他们才不会呢，我娘说了，只要我开开心心的，比什么都好。我爹听我娘的。"

赵秋山说："那也不行，我怕你出了什么事我担当不起。"

小香莲说："哼，你不带我去，我就告诉赵大娘，你欺负我。"

赵秋山着急了："我怎么欺负你了，不带你去是为了你好。"

小香莲笑了，说："为我好？为我什么好，有好玩的不带我去，有好吃的不带我吃，还是为我好，我看你是认为我是个累赘，是不是？"

赵秋山急忙说："不是的，不是的。"

小香莲说："既然不是，为什么不带我去玩。"

赵秋山说不过香莲，急得满头大汗，不知如何是好。

小香莲看他这个窘样，便好言好语相劝："秋山哥，我不跟赵大娘说，你明天带我去玩，好不好？"

见赵秋山还是没答应，小香莲便耍起了脾气："你再不答应，我明天一大早就去你家里缠着你，你走到哪我跟到哪，让你也做不成事。"

赵秋山没法，只好答应："那好，我们明天约好了去八卦山上采菌子，你明天早点来。"

小香莲乐了："秋山哥，早这样不就行了么。我明天吃过早饭就在这里等你。"

第十二章

第二天，正好老师请假要回家干几天农活。吃过早饭，小香莲就跟爹娘说要出门去玩。郑张氏不放心，小香莲说和邻居赵秋山一起去八卦山采菌子。听说跟着赵秋山一起去，郑广和郑张氏满口答应，只是叮嘱小香莲要紧紧跟着赵秋山，便放心地让香莲出了门。

小香莲急忙来去后山，赵秋山他们已经等在那儿了。一共有四个人，除了赵秋山，还有郑小妹、郑平山和赵大虎。他们几个都年纪相仿，经常在一块玩耍。

一看到小香莲来了，郑小妹开心地拉着她，和她说说笑笑。郑平山嘟着嘴："到底是大户人家的女儿，早饭吃这么迟，让我们等大半天了。"

赵大虎也不乐意："带这么一个大户人家的女儿出门，赵秋山可要多照顾些，不然拐了脚伤了手，把你卖了你也赔不起。"

郑小妹说："算了，就你们多话。你们谁从小没到香莲家里玩过，哪次去郑大爹郑大娘没拿好吃的给你们敞开肚皮吃，香莲把他爹从城里买的小玩意都拿出来玩，你们现在还说这样的话，还有没有良心？"

小香莲也急忙道歉："对不起，让大家久等了，是我不对。我一定不会要你们照顾的，你们做你们的，我跟着就行了。"

赵大虎说："那也行，你可要当心点哟，小心踩到牛屎上，脏了你的绣花鞋。"

"哈哈哈"，一群小伙伴有说有笑地朝八卦山走去。

刚下过雨，山上的菌子很多。赵秋山他们一到山上，便分散去找菌子。小香莲没采过菌子，只好跟着郑小妹一起。郑小妹耐心地教她哪种菌子能吃，哪种有毒，人吃不得，还有哪些地方地滑，容易摔跤。小香莲一切都感到新鲜，和小伙伴们在一起就是高兴，没有私塾老师的刻板，也不再受那种端坐在书桌前的约束，一切都是那么自由自在。

不一会，郑小妹的篮子里就装了大半篮子的新鲜菌子了。郑小妹招呼着小香莲说："歇一会儿吧，看看他们在干什么？"

郑小妹四下望了望，并不见人影。"咦，他们都跑哪里去了？"

小香莲说："要不，我们去找找看？"

郑小妹说："不用，我们唱歌引他们出来。"

说完，便唱起了谜歌，一阵清脆悦耳的声音飘荡在山谷：

> 山下田地一展平，
> 勤劳哥哥你来听：
> 我有谜歌把你问，
> 答不出来莫当真。

不一会，山谷那边便有人回了上来：

> 采菌姑娘莫耍娇，
> 对谜不能开玩笑。
> 你有谜对尽管问，
> 不见好菌不弯腰。

郑小妹对香莲说："你看，这不就找着了。听声音，是郑平山在那边。"

小香莲说："那秋山哥呢？"

郑小妹说："你只关心你的秋山哥，你自己问问呗？"

小香莲脸一红，又担心赵秋山，又不甘示弱，便也唱了起来：

一个姑娘心好细，
屋檐织网显工艺。
八角阵图细细织，
捉住虫蛾当饭吃。

小香莲唱完，半天没人回唱，郑小妹大声喊道："怎么没人接呀，怕是接不上来了吧。"

不一会，山上传来了一阵歌声：

蜘蛛针线好精细，
飞针走线半屋里。
织成网格拦飞虫，
虫蛾闯网危旦夕。

郑小妹笑道："你听，可不是秋山哥，看来只能秋山哥才对得上香莲妹的谜歌哟。"

小香莲的脸更红了，笑着假装打郑小妹："叫你嘴多，乱讲话。"

郑小妹："不是我乱讲话，不信你再唱个试试。"

小香莲不服气："唱个就唱个，我还怕了不成。"说完想了想，又唱了一个：

迈步不停比路程，
日行千里未动身。
脚下乌龙发声吼，
哗啦哗啦水倒行。

她的歌还没唱完，山上又接上了：

新打水车下河心，
车起甘霖救万民。
跑步前进原地踏，
累得头上汗直淋。

这下，郑小妹更笑得直不起腰来了："你看看，我没说错吧，只有秋山哥才对得上你的谜歌哟。"

小香莲"呸"了一口，直嚷嚷的叫着："还唱还唱，再唱他们篮子摘满了要回家了，看你怎么办？"话虽这么说，但心里还是乐开了花。唱谜歌讲究的是一唱一答，如果只唱了没人答，就没有趣味了，如果唱了答不上来，也没有意思。所以虽然小香莲和赵秋山只对答了两次，但两人明显地心拉得更近了。

自从上次到八卦山上采菌子后，小香莲很快和赵秋山等小伙伴们打成了一片。在不上课读书的日子里，小香莲经常找赵秋山去玩。虽说是玩，对于小香莲是玩，但对于赵秋山他们却是帮大人做事，要么上山砍柴，要么到清江捞鱼，要么是上山捡菌子、蘑菇等山货。有时是和小伙伴们一起，有时候是和赵秋山两个人。穷人的孩子早当家，在小香莲还沉浸在幸福生活的时候，赵秋山他们过早地担起了家庭的担子，虽说年纪相仿，但比起小香莲更成熟、更懂事。

小香莲十分喜欢和赵秋山玩耍，赵秋山像个大哥哥一样，时时处处维护着她，照顾着她。只要听说是和赵秋山在一起，爹娘也放心让小香莲出去。

这天，老师布置的作业少，小香莲早早地做完了，又来找赵秋山。到家里一看，赵秋山出门去了，只有赵大娘一个人在家。

小香莲忙向赵大娘问好："赵大娘好，在家里忙什么呢？

赵大娘一看是香莲来了，忙起身："是香莲啊，来家里坐。我正在摘豆子准备做酱呢？有什么事吗？"

小香莲说:"也没什么事,我来找秋山哥玩,他去哪儿了?"

赵大娘说:"秋山呐,他去清江河里捞鱼去了。我最近风湿腰痛的老毛病犯了,他说去捞点鱼给我补补身子。"

小香莲说:"赵大娘腰痛呀,我等会回家把我妈吃的人参给您拿点来。"

赵大娘说:"不用了,太谢谢香莲了。我这样的贫苦人家不值得吃人参这么贵重的东西。"

小香莲说:"人参是吴刚叔叔去进货的时候别人送的,也没花钱。等我回去拿点来。不过现在我先去看看秋山哥。"

赵大娘说:"他在清江岸边,那里滑,你小心点。"

小香莲说:"我知道了,大娘你放心吧,我又不是三五岁的小孩了。"

告辞赵大娘,小香莲就往清江边上跑去,她要看看秋山哥是怎样抓鱼的。原来只听说过,还没有亲眼看到过呢。

清江水清透彻,物产富饶。站在岸边,水里鱼虾游来游去,成群地嬉戏打闹,仿佛一伸手就可以抓得到。但人一到岸边,鱼儿便散开了。要想真正捞到手,还是要有点技巧的。

捞鱼摸虾,本是生在清江边、长在清江边的赵秋山他们的拿手技巧,用网捕、用钓钩、甚至用竹篓布,都可以轻易地满载而归。

这次赵秋山是用竹竿钓的,一字排开三五根竹竿,线扔得远远的,静候鱼儿上钩。

当小香莲来到清江边上时,赵秋山已经钓上来两条大鱼了。看到赵秋山专心致志的样子,小香莲就好笑,她猫着腰小心走到赵秋山的身后,冷不丁地拍了他的肩膀:"好啊,你躲在这里捞鱼也不喊鱼。"

这一下,赵秋山毫无防备,"啊"的一声急忙站了起来。赵秋山一看是郑香莲来了,忙拉着她坐下,轻声说"嘘,小点声,鱼儿都叫你给吓跑了。"

小香莲俏皮地吐了吐舌头，乖乖地捱着赵秋山坐下。原来清江水质太清了，人在江边看得到鱼，鱼自然也在水中看得到人，人一来，鱼就跑了。所以在清江边上钓鱼，一是人要躲起来，二是不能大声说话。小香莲一来就这么大声，本来要上钩的鱼儿也逃跑了。

见自己闯了祸，小香莲老实地呆在秋山哥的旁边，和他一样，静静地坐着，等待鱼儿再次光临。

也许是鱼儿跑远了，等了好一会儿，还没有鱼来吃食。小香莲是个坐不住的人，本来是想来玩的，可哪想比在家里读书还烦人。小香莲不干了，想和秋山哥说说话，可秋山哥直望着江里的浮漂不惹她。小香莲没有办法，只好折了一声狗尾巴草，一会儿戳戳秋山哥的手，一会儿戳戳秋山哥的耳朵，可秋山哥还是不惹她，甚至警告她："别闹，要闹回家闹去。"

小香莲没法，只好嘟着嘴，和秋山哥一样，老实地望着浮漂。

只要人安静了，鱼儿自然来了。不一会，一根竹竿的浮漂就被鱼儿拉进了水里，赵秋山高兴地用力一拉，果然一条大鱼上钩了。钓上来的鱼大，劲也大，在水里左冲右晃的，赵秋山往上提，一下子还提不上来，只好慢慢在水里溜着，待鱼劲小了，再拖上岸。

正在这时，又一根浮漂沉了下去，又一条鱼上钩了。小香莲看着，高兴地叫着："秋山哥，又一条鱼上钩了。"

赵秋山手里拉着那根竹竿，根本无暇顾及这边的竹竿。

小香莲一看，连忙学着赵秋山的样子，也拉起竹竿向上一拉，好家伙，也是一条大鱼，似乎比赵秋山的那条还大。小香莲力气小，把鱼根本提不出水面，只见鱼在水里面游来游去，把鱼线拽得直直的，一会儿往左冲去，一会儿往右冲去，小香莲两只手拉着竹竿，现在好像不是她在钓鱼，而是鱼在拉着她走了，一会儿左，一会儿右，小香莲急得直叫唤："秋山哥，秋山哥，快来帮忙啊！"

话还未说完，"啪"的一响，小香莲手中的竹竿断成了两截，大鱼拖着断了的半截竹竿游走了，而小香莲拿着剩下的半截竹竿向后一扬，脚下一滑，"扑通"一声，掉进了水里。

　　猝不及防，小香莲又不会水，掉进水里后，一下子慌了神，大叫"秋山哥，秋山哥"。

　　赵秋山的大鱼还没拉上来，见香莲掉进水里后，连忙丢下手中的竹竿，也急忙跳进水里，朝香莲游去。

　　从小在清江边长大，赵秋山的水性好得很。赵秋山来到香莲身边，先抓住了香莲的手，再慢慢引导香莲往岸边游来。一抓住赵秋山的手，小香莲就再也不敢松开了，两只手拼命地抱住了赵秋山。赵秋山虽然水性好，可毕竟年纪小，体力不足，小香莲一抱住，赵秋山吃不住力，也沉到了水里，连着喝了好几口水。好在赵秋山马上清醒了过来，用脚用力地在水底一蹬，跃出水面，吸了一口气，再往岸边游去。

　　岸边的水不是很深，很快赵秋山游到了岸边，就站了起来。小香莲也被他拉到了岸边，慢慢地脚揣着地，站了起来。即使站着，还是不敢松手，抱着赵秋山不松开，嘴里还在"呜呜"地哭着。直到赵秋山把她拉到岸上，坐了好一会儿，小香莲的心还平静了下来。

　　看着小香莲，赵秋山关心地问："你还好吗？要不要紧？"

　　小香莲还在哭着，赵秋山着急了，连声问："怎么啦？怎么啦？"

　　小香莲哭着说："秋山哥，都怪我，鱼都跑了。"

　　赵秋山笑着说："鱼跑了算什么，明天再来钓就是。只是人好就好。"

　　小香莲说："都怪我，把你的鱼弄跑了。"

　　赵秋山说："不怪你，怪我没照顾好我。"

　　小香莲还在"呜呜"地哭着。

　　赵秋山劝了一会儿，说："好了，好了，把你的手放开，我送你回家换衣服。"

小香莲这才发现自己的手还紧紧地抱着赵秋山，马上羞红了脸，松开了手。再看自己身上，都被水打湿透了，这才感觉到冷起来。

赵秋山把香莲送回了家，郑张氏看着湿透了的小香莲，急忙问怎么回事。赵秋山连忙赔不是，把事情经过讲述了一遍。

小香莲怕母亲责怪秋山哥，拉着母亲的手说："妈，都是我不好，你不要怪秋山哥，好不好。"

郑张氏知道自己的女儿调皮，好在人没事，加上耐不住小香莲软磨硬泡，自己又诚心向佛，与人为善，本就不打算追究责任，当然就不会责怪赵秋山了，只是嘱咐小香莲今后出去要更加小心才是。

见香莲没事，赵秋山准备告辞回家。小香莲好像想起什么来的，从屋里拿出一块布，递给赵秋山，说："秋山哥，我刚才去你家里，赵大娘身体不好，这一点人参送给赵大娘补身子。"

赵秋山推辞不要，郑张氏说："秋山，这是香莲的一点心意，你就收下吧。"

赵秋山才不好意思地收下了。

自从这事之后，小香莲再见到赵秋山心里总像有点什么似的，见面了又不好意思，不见面又盼望着见面。小香莲也弄不清楚是怎么回事。随着年龄的增大，朦胧的情愫在两个年轻人心里慢慢地发了芽。

第十三章

有了观音菩萨济世救人、造福大众的教诲，郑广也有意识地引导小香莲参与一些族内事务。族长一般为一族内德高望重的族人担任，需要的是办事公道，族人信服。在乡村，族长具有很大的权利，小到族内家庭纠纷、婚丧喜庆；大如祭祖、祠庙管理等事务都要族长来主持，更重要的是与外族的来往、纠纷，需要族长代表全族出面，维护本族的利益。凡是这样的场合，郑广都带着小香莲参与，他认为，有了这种最直接的处理事情的经历和能力，才能锻炼小香莲公道正派、处事不惊的办事作风，今后才能更广泛的造福大众。

郑氏一族在当地不算大族，但族内有五十多户、二百余人，族内大小事务也还不少。郑广自当上族长以来，尊老爱幼，处事公平，族内管理规范，很少有偷鸡摸狗、男盗女娼之事，周围百里只要寻妻嫁女，一说起大战坡郑族的人，人品绝对不会怀疑，所以郑族在周围颇有威望。加上郑广信佛积德，行善好施，族人对其尊崇有加，信服得很。所以一些鸡毛蒜皮的小事也要来请族长作个公断。

这天，郑广从田里忙完活路回来，还未坐下。就听得一个人哭哭啼啼地进来了，一进门，就大喊："族长侄儿，你可要为我做主啊！"郑广一看，原来是族内郑德全屋里的王大婶，郑德全老人前些年因病过世后，留下孤儿寡母相依为命，自己还在族内为他们捐了些米油，好不容易把儿子抚养大了，去年才娶了媳妇，还是自己去主持的婚礼，听说小两口子对老妈还孝顺，怎么今天就闹到我这里来了。

郑广忙扶住老人，喊道："王大婶，不要哭了，有什么事我来做主。"

王大婶一把抓住郑广的手，直哭着说："族长侄儿，你要为我做主啊。我好不容易把儿子养大，可儿子娶了媳妇忘了娘，不养我这个妈啊？"

郑广说："大婶，我听说道全贤弟两口子蛮孝顺呀，前些天你不大舒服，还专门请大夫上门为你看病，后来又熬药给你吃，怎么就不孝顺呢？"

王大婶一把鼻涕一把泪地说："侄儿，你不知道啊。他们为我抓药吃不假，可昨天我想吃点糯米粑粑，我儿就是不给我弄，今天我在厨房里看到，我那媳妇躲在厨房里一个人吃，我儿子还在一旁哈哈地笑。我是造了什么孽啊，养了这么个不孝顺的儿，又娶了这么个不知礼节的媳妇啊。"

郑广一惊："还有这种事，大婶你不人是看错了吧？"

王大婶说："侄儿，我快六十岁的人了，身体不好，可眼睛还好，我绝不会看错，我也不会错怪人。"

这时，听到堂屋的声音，郑张氏和小香莲也出来了，郑张氏忙拉着王大婶的手，低声劝导她保重身体，不要太急了。小香莲也端来一杯茶，还拿来了一条毛巾，递给王奶奶擦眼泪。

郑广对王大婶说："大婶，你先不要急，这件事我来做主。你先歇歇，喝口水。"

郑广有意考验小香莲，问小香莲听清楚王奶奶说的话没有，小香莲点点头，郑广问她这件事应该怎么处理。

小香莲沉思一下说："孝顺父母是天经地义的事。既然事情摆在这儿，我见过爹以前处理这类事，就是把道全叔叔两口子叫到祠堂，再请几个年长的爷爷叔叔作个见证，依照族规，处罚他们。"

郑广继续问："那怎么处罚呢？"

小香莲说："依族规，不孝顺父母者，杖五下，罚工十日。"

郑广又问："就这样处罚就完了？"

小香莲想了想，说："当然简单的处罚不是目的，也不是族人所希望看到的结果。我们都希望能够通过处罚使道全叔醒悟过来，今后要孝顺母亲。从而让族人们从中吸取教训，更加孝顺父母。"

郑广问："这样处罚有没有什么问题呢？你想过没有？"

小香莲说："有什么问题？王大婶亲口说的，她肯定不会冤枉自己的儿子，再说处罚也是族规所定，应该没什么问题。"

郑广问："那需不需要先喊道全叔叔他们来问个清楚。"

小香莲说："这个，先喊来问个清楚也不是不可以，但应该没什么问题吧。"

郑广说："任何事情不要急于下结论，否则事一旦发生了再想挽回就难了。这样，你去把道全叔叔和婶婶请过来，就说我问他们个事。"

"好！"小香莲答应了，快步跑出了门。

不一会，郑道全两口子就在小香莲的带领下带来了郑家。

郑道全原来还不知道怎么回事，一见到娘在郑广家里，还在挂着眼泪，急忙问："娘，你怎么啦，出什么事啦。"

郑广说："你还有脸问，你娘说你不孝顺，不管她了。"

郑道全分辨道："哪有这回事，我的亲娘我怎么不心疼，怎么不孝顺。"

郑广说："那你娘怎么到我家里来哭了？我说道全啊，咱是庄家人，千万不要做娶了媳妇忘了娘这样的事啊。咱要在这里住一辈子的，可不能让人背地里戳脊梁骨啊。"

郑道全忙说："广叔，我是您看着长大的，我怎么会是那样的人。再说我的内人她也还好，对我娘孝顺得很，怎么会干这样的事呢？族长，您千万要为我做主啊。"

郑广说："你没干这样的事，那为什么你娘说你呢？"

郑道全说："我娘说了什么，我不知道啊。"

郑广说："让王大婶自己说说吧。"

可王大婶这时见儿子来了，只呜呜地哭着，一句话也说不出来。

见她这样，郑广只好替她说了："道全，我听你妈说，她想吃粑粑，你不给她做，结果今天早上你和你媳妇躲在厨房里自己吃得玩。"

见是这件事，郑道全对他娘说："娘，这件事您怎么没在屋里说，还跑到族长家里来了。"

王大婶："哼，今天不给我东西吃，鬼晓得明天会不会赶我出门呢。我不找族长主持公道，到时候就晚了。"

郑道全说："这件事我知道是我的错，我们回家再说，好不好。"

王大婶说："既然你知道是你的错，就在这里说清楚，不需要回家说。"

郑广说："道全，我们都不是外人，有什么话在这里敞开了说，不要紧。"

郑道全支吾着说："这，这，有些话不好说清楚。"

王大婶说："有什么话不能敞开了说。我们家没有见不得人的事。你爹死得早，我一把屎一把尿拉扯大，多亏了广叔才有你的今天，有什么话不能当着他的面说。为人不做亏心事，半夜不怕鬼敲门，你做得出来，就说得出口。儿啊，我不晓得你是这样的人啊！"说完，又嚎嚎大哭起来。

见到娘又哭了起来，郑道全急得跺手跺脚，张着嘴说不出话来。

郑广见郑道全这样，知道他可能有隐情，不好当着大家的讲，便说："道全，有什么不好说的就不说，回家好好劝劝娘。一家人不说两家话，在家里什么话都可以说。便有一条，我是族长，也是你长辈，我要跟你讲清楚，不孝顺老人在我郑族里是不行的。如果老人再来要说法，我就要开全族大会，按族规行事。"

"不"，听郑广这样说，王大婶指着郑道全说："有什么话就要在这里说。道全，你没得良心。你爹死了，是你广叔拿钱出来安葬的，我们娘俩生活无着，是你广叔号召全族捐米捐油熬过来的，就是你去年娶媳妇，从说媒到定亲，从翻修房屋到置买被服，哪一样不靠你广叔，你广叔对你就像亲儿子一样，你竟然还有话不能当着广叔的面说，你说你还有没有良心？"说完又呜呜地哭了起来。

这时，随后赶来的道全媳妇，羞着脸扶着王大婶，低声劝慰："娘，我们回家去说，好不好。"

"呸！"，王大娘气不打一处来，"就是你，我们原来娘俩母子相依为命，自从你进了门，就闹出这样的事，你还好意思说。"

听了王大娘这样抢白自己，道全媳妇也"哇"的一声哭出声来。

看见这般情形，郑道全知道是不说明事情缘由是不会结束的。便咬咬牙，对郑广说："广叔，我事也不全是我们夫妇的错。你要为我做主。"

郑广知道其中必定有些缘由，便说："道全，不要急，你慢点说，有什么事我来做主。"

郑道全便一一道出事情的经过："前段时间，我娘一直身体不好，不想吃饭，不吃饭胸口还胀得很。我请来大夫瞧了，大夫说是脾胃虚弱，肝郁气滞。开了几幅中药，并就这病关键要养，要心情舒畅，不大喜大悲。并且还要注意饮食，生冷都要禁嘴，特别是糯食等不易消化的东西绝对不能吃。对不对，娘？"

王大婶听了，记得这是大夫说过的话，便说"对，我也听大夫这样说过。"

郑道全接着说："眼下青黄不接，屋里除了一点糯米没有余粮，我媳妇又不想欠账，只好到娘家借了点大米，每天熬粥给你喝。并且怕您知道了担心，没向您说，是不是？

王大婶说："我哪知道这么多，我以为还是家里的余粮呢。"

郑道全继续说："昨天您吵着要吃糯米粑粑，我说您吃不得，没给您做。我媳妇怕您说，只好做了几个，可我想您病好不容易好了些，怕病又犯了，狠下心没给您吃，对不对？"

王大婶说："我以为我的病好了，哪想到这么多？"

郑道全说："糯米粑粑做了没给您吃，我媳妇怕浪费了，正好她又想吃，又怕您知道了心里不舒服，她才躲在厨房里吃。但我们没告诉您都怪我，是我的不是。"

"不！"这时，道全媳妇止住了哭，"要怪就怪我。"

郑广问："为什么要怪你呢？"他知道这里面肯定还有什么缘由。

道全媳妇张了张嘴，这时郑道全想阻止她："不是说了不能说吗？"

道全媳妇说："说了怕什么，不要紧，我来说。"她抹了抹眼泪，说："娘，广叔，是这样的。我从去年嫁给道全，一直没有生养，我心里十分过意不去，村里人也指指点点。就在前些天我回娘家，找大夫看了看，说是有了喜。可我妈信些鬼啊神的，她找个算命的瞎子算了算，说我生养不容易，要我头三个月不能说，怕动了胎神，再想怀就难了。所以道全和我两个人都没有说，连娘都没说。"

"什么，有喜了，我要得孙儿了。"听到这时，刚才还在流眼泪的王大婶马上抹去眼泪，不相信似的看着郑道全。

郑道全一点头："嗯，有了喜，我马上要得儿子了，你马上要抱孙子了。我们不想马上说，但今天这样，如果不说，肯定是不行的。"

王大婶急忙说："不要紧，广叔不是外人，说了不要紧。哎哟，有了喜，可要好生照料，想吃什么我去做。"说完亲热地拉起媳妇的手。

郑张氏这里在一旁说："有了喜头三个月要小心些，说了也不要紧，我每天在观音菩萨面前烧香求菩萨保佑，不要紧的。"

王大婶说："那就谢谢婶婶了。快，还不快谢谢婶婶。"说完扯了扯媳妇的手。

道全媳妇羞红了脸，忙对郑张氏道谢："那就谢谢婶婶了，到时候接你们去喝喜酒。"

郑广说："喝喜酒肯定要喝的。王大婶，还有什么话说没有？"

"没有了，没有了，晓得是这个事，我就不来找您了。广叔，把您麻烦了，让你们看笑话了。都怪我嘴痒，不然哪有这个事。我儿子媳妇孝顺得很，处处为我考虑，我欢喜还来不赢呢。没事啦，没事啦。"说完，拉着儿子媳妇欢天喜地出了门。

看了王大婶她们走了，郑广对小香莲说："作为族长，处理事情要慎重。偏听则信，兼听则明。如果只听王大婶所说就冒失地开族会，把郑道全处罚一顿，不仅事情没有解决，让郑道全下不来台，还容易引起新的误会，若真的引发小两口与王大婶的矛盾，那就不好了。在这里先把事情讲清楚，大家心里的疙瘩解开了，就什么问题都没有了。"

小香莲恍然大悟，连连点头："原来爹爹想的这么多，看来族长也不好当。"

郑广笑着说："只要经过的事多了，自然考虑得就多些。作为族人，我们都是一家人，都要相互尊重相互爱护，如果简单地把郑道本责骂一顿、处罚一通，可以说暂时解决了矛盾，但他便对族规、对族人有了看法，以后保不准做出什么不利的事情来。所以我们要以宽容大爱的精神去对待每一位族人。"

第十四章

经常带着小香莲处理族内大小事务，郑广有意识地锻炼小香莲处事决断的能力。小香莲越来越成熟，处事越来越老道，面对一些疑难事件，她也能独立处事了。

一天，小香莲又找赵秋山一起到宋山去采雨后的山菌。自从那次落水事后，赵秋山仿佛有意躲避着小香莲，可小香莲不管，她只要一有空，便来找赵秋山，不管是出门玩，还是在家里帮赵大婶做些简单的家务事，小香莲都高兴得很。

两人刚翻过一道山梁，来到宋山底下，准备爬山时。突然看到清江堤边围了一群人。他们走过去一看，原来众人围着中间的两个人，两人各用一只手拉着一块绢布不松手，都吵着说那块布是自己的。小香莲找旁人一打听，才知道原来这两个人都是到青林寺赶集回来的，其中一人看到有个外乡人在卖布，便买了一块绢布。结果在半道上遇到了另一个人，拿着绢布不放手，都说是自己买的布。两个人争争吵吵，谁也说不服谁。便听从别人的建议，来到卖布的判别。可两人来到集市一看，早散了集，听说那个卖布的外乡人又转到别处去了。两个人都说是自己的布，谁也不肯放手。就这样，吵了一路，也没人给做个主。新买的布也没做记号，谁也说不服谁。为这块布去报官，也不值得，还怕捱官老爷的板子。所以两个人就这样一路争吵，想找个明理的人给断断。

小香莲看着两个人，其中一个是个农夫打扮，穿着破破烂烂的但干净得很，另外一个油头粉面，一看就是个街头的痞子，虽然穿着绵衣绸缎但一看就是几个月没洗了。农夫打扮的那个口舌笨些，而那个痞子油口滑舌，说话一套一套，直说得农夫张口结舌，说不出话来，一张脸涨得通红。虽然如此，但农夫依然紧紧抓住那块绢布不松手，那个痞子也没法，农夫身体壮实，不好硬抢，只好也拉着绢布。两个人依然拉扯不休，争吵不止。

围观的人很多，看热闹的居多，谁也没个主意。赵秋山拉着小香莲的手，低声说："明眼人一看，这块布就是那个农夫的，但谁也说不出个正当理由来，也不敢说破，怕那个痞子报复。走吧，我们还要去捡菌子呢。"

小香莲说："既然大家伙都知道，我来断这个理看看。"

赵秋山轻蔑地一笑："你一个女儿家，断得了什么理。再说你断了别人会听吗？"

小香莲不服气，说："我试试看。秋山哥，等会你可要保护我哟。"

赵秋山见小香莲真的要管这事，忙说："不要紧，你等会在我身后，我绝不让人欺负你。"

看到两人仍在那里互不相让，小香莲大声说："你们想不想要布啦。"

听到有人出头，两人都住了口，齐声说："是我的布，怎么不想要。"

小香莲说："既然都说是你们自己的布，我来断下，行不行？"

那个痞子模样的人说："你一个小姑娘，横什么场，你断得了什么。"

小香莲说："我说断得了就断得了，你们信不信。"

痞子想了想，说："我们信，看你怎么断？"

见有人想出头断理，众人忙让开一条道，让小香莲走到了中间。

小香莲看着两人说："有句话可得说在前头，我若真断了，你们就要服。不能我断了，你们又不服，还在这里争来争去。"

痞子看了农夫一眼，说："你若断准了，我们肯定服。"

小香莲说："那好，我若断准了，请在场的各位帮忙作个鉴

橘神传说

证，布当然归买主所有，好不好。"

众人齐声说："那是应该的。"

小香莲问那个农夫："你买布是做什么的？"

农夫说："我买布回家给媳妇做件新衣裳的。可怜我的媳妇，嫁到我家十几年，没一件好衣裳穿，回娘家让人瞧不起。"

小香莲又问那个痞子模样的人："那你买绢布是做什么的？"

痞子马上说："我买回家也是给我媳妇做衣裳的。"

这时，围观的有人悄悄说："我认得他，他整天在外面晃荡，一直没娶亲，哪来的媳妇。"

听了有人这么说，痞子想了想，马上改口："我买回家给我老娘做件衣裳的。"

小香莲笑了一声，又问："你老娘只怕有六七十了吧，怎么会穿这种大红大绿的绢布做的衣裳呢？"

痞子大声说："你管不着，我老娘就喜欢穿这种大红的绢布。"

见问不出个明白来，小香莲又说："那既然你们两个都不肯罢休，要不这样，我看这块布挺长的，我们把这块布平均一分，你们两人一人一半，好不好？"

那个痞子想了想，说："可以，一人一半就一人一半。"

那个农夫哭丧着脸："你怎么断的？本来我是比着我媳妇买的布，如果一人一半，那还做什么衣服？还不如不要算了。"

听了农夫的话，小香莲心里明白了，指着农夫对大家说："大家都听清楚了，这块布是他的。"

"为什么，为什么？"那个痞子着急地大叫。

小香莲说："本来做衣裳买布就是比着尺寸买的，如果一人一半还怎么做衣裳。你同意一人一半，是因为布不是你的，你白白得了一半的布，所以你同意分布。而布本来是那个农夫的，如果分布他才得了一半的布，做不成衣裳，所以他不同意。对不对？"

"对，断得好！"这时，旁观的人都叫了起来。

小香莲怕那个痞子不依，生出事端来，便带有威胁的语气说：

"你若不信，我们现在就去见官，让官府衙门来审你。"

那个痞子想了想，本来就心虚，见香莲一下子说到了自己的短处，便松开拽着布的手，灰溜溜地走了。

第十五章

随着小香莲慢慢长大，成长为一个漂亮大方的大姑娘了。郑族名声好，族长郑广家门风尤盛，乐善好施在附近是出了名的。加上小香莲人长得漂亮，又知书达理，诗词歌赋无所不通，琴棋书画无所不能，方圆百里前来提亲的络绎不绝。不是大户人家的公子，就是达官贵人的少爷。婚姻大事向来由父母做主，可郑广宠爱宝贝女儿，让女儿自行做主。可说来也怪，前来说媒的，小香莲一个也看不上。也不是看不上，她压根就没想看。媒人上门了，话还未说完，她就三言两语把媒人打发了，不是说属相不合就是说不想嫁远。这样到最后，周围的媒人都知道，郑广家的闺女眼界高，可又不知道她到底想寻个怎么样的夫婿。

还是母亲最懂女儿的心。这天，在小香莲劝走又一个媒人后，郑张氏决定和女儿说说知心话。她悄悄地问女儿："香莲，你也不小了，也不能老在家里，还是要寻户人家呢。村里像你这样大的女孩，都嫁人了，有的小孩都有几个了。"

小香莲拉着母亲的胳膊说："妈，我就是要在家里陪着你和爹，不想出门。"

郑张氏说："我们只你一个女儿，你不出门，我们在家里招上门女婿也可以。可有几个愿意上门的你看都不看一眼，你到底想要哪样的？"

小香莲不好意思起来："我也不知道要哪样的，就是他们那样的我都不要。"

郑张氏说："那你到底还是说个清楚，妈才好给你做主啊。"

小香莲羞红了脸不说话。

郑张氏说："要不要赵爱平那样的？"赵爱平是村里的乡亲，

今年才考取了秀才，正在家里苦读准备参加乡试考取功名。

小香莲摇摇头。

"是不是喜欢吴仁财那样的?"吴仁财是大战坡吴大财主的独生子，人长得高大英俊，生意也学得好，年纪轻轻就独当一面，当上了城里银号的掌柜。

小香莲又摇摇头。

郑张氏急了："那你到底喜欢哪样的? 小香莲，你倒是说说看啊。"

小香莲还是低着头羞红了脸，不说话。

郑张氏突然想起来了："你该不是看上赵秋山了吧?"

一听见母亲提起赵秋山这个名字，小香莲急忙跑进了房里。郑张氏明白了，虽说两个人经常在一块玩耍，但从来没往这方面想，两个人在一块长大，像兄妹一样。再说，自己好歹是个大户人家，家有良田百亩，城有店铺。赵秋山人虽不错，知根知底，但毕竟是佃户子女，这传出来是要被别人笑话的。郑张氏决定，等郑广回家后再好好商议。

郑广从郑张氏口中知道小香莲的心思后，思忖了半天。自己虽然平时宽厚待人，对待佃户不比别的老爷那般，但自己毕竟是大户人家，再则自己是族长。自己的独生女儿嫁给一个佃户，到哪里也说不过去。虽然赵秋山是自己看着长大的，他的爹娘为人都不错，赵秋山也还聪明忠厚，人品好，但知道的说是我女儿看上了这个人，不知道的还指不定说什么闲话呢? 再则香莲是上天恩赐、观音送来的，自然金贵得很。按照观音菩萨的话，香莲以后还要造福众生的呢，不出仕不谋财，怎么造福大众呢，难道守在这个穷乡村，种田捞鱼，能够造福众生吗? 郑广决定好好和女儿说说。

还未等郑广开口，小香莲就知道了父亲的来意。郑广喜欢这个观音赐来的宝贝女儿，从小不怎么严加管束，除了功课必须完成外，其余时间任她玩耍。小香莲也从小便和父亲一起处理族内大小事务，从父亲那里学会了很多做人处事的道理。两个人不同于一般的父女，既是父女，更像是恩师和爱徒一样，郑广把全部希望都寄托在小香莲手上，小香莲也把父亲当成靠山、当成港湾一样。

小香莲对父亲说："爹，你不要再劝说什么了，女儿的心意是不会改的。"

郑广喜欢女儿的真心和坚持。他一贯认为，一个人短暂的一生，如果不为自己而活，将是最可怜的。作为父亲，自己能够肯定和满足女儿的心愿，这才是父亲的最高使命。女儿认准的事，作为父亲，他将永远支持。

郑广轻声问："你真的喜欢赵秋山。"

"嗯"。小香莲肯定地点头。

郑广试探地问："就有那么喜欢吗？"

"嗯！"又一声坚定的回答。

郑广笑着说："那还不知道别人看不看得上你呢？"

"怎么会？"小香莲抬起头，一双大眼睛扑闪扑闪地直看着郑广。

郑广好像这时才好好看清小香莲："我的香莲真的长大了，我都快不认识了。"

"爹！"小香莲娇羞地低下了头。

郑广又问："你这么肯定，你们该不是私定终身了吧？"

"没有。"小香莲摇摇头。

郑广想逗逗女儿，故意说："既然没有私定终身，赵秋山说不定早就定亲了呢。"

小香莲急得跺脚："爹，没有的事，没有的事。"

见小香莲急了，郑广笑了："是啊，除了我家的姑娘，谁瞧得上那个穷小子啊。"

小香莲气得假装用拳头锤着郑广："爹，不许你这样说他。"

郑广笑得更大声："是啊，还没过门，说都不许说，那要是真成了亲，那该不是看都不许看了。"

小香莲更气了，直喊："爹，爹！"

郑广收住笑声："好了好了，我也没有听说赵秋山定亲的事，赶明儿让你娘找旁人打听打听。好不好?"

小香莲又气又羞，扭过头去。

第十六章

还没等郑张氏去打听这件终身大事，就有人找上门来了。来人是郑长益老人，要来讲的也是大事，并且是人命关天的大事。

郑长益今年70多岁了，一张饱经风霜的脸也掩不住两只洞察世事的锐眼。作为郑族现有的不多的长字辈的前辈，在族内拥有不亚于族长的权威。见郑长益老人上门，郑广忙引老人入座，并奉上茶水。郑长益老人茶也未喝，掩上房门，直朝郑广跪倒在地，口中直喊："郑广侄儿，你救救我啊！"

这一下，把郑广弄得不知如何是好。自己的长辈跪在自己面前，还从未有过。他也不知道老人遇到了什么难事，忙双手拉住老人的手，口中喊着："益叔，这是干吗，有什么事起来再说。"

郑长益不起身："不，侄儿，你不答应我就不起来。"

郑广说："答应？我也要知道是怎么回事呀？"

郑长益继续跪着："我是人命关天的大事，你一定要答应。"

郑广说："益叔，你先起来再说，既然是人命关天，我们就要从长计议。"

郑长益说："不要从长计议，来不及了，人命关天呐。"

见郑长益还在地上跪着，郑广无法，心里想着先把人拉起来再说："好，好，益叔，有什么事我都答应你，你先起来坐着。"

见郑广答应了，郑长益才起来坐在椅子上，一张脸上早已挂满了泪水："侄儿，我活了70多岁了，什么场面没见过，可现在这个难关我过不去了。还请你救我的命呐。"

郑广还是不清楚是怎么回事，忙说："不着急，益叔，你慢慢说，有什么事我们共同来商量。"

郑长益歇了口气，喝了口茶，这才说出事情缘由：郑长益只一个独生儿子郑顺利，下面也只一个独生子郑子生，今年刚满5岁，昨天跟着媳妇回娘家，刚翻过宋山，就被土匪劫走了。

郑广说："既然是土匪劫走了，您报官了没有？"

郑长益说："我只一个独生孙儿，哪敢报官呀。"

郑广问："那没有报官，土匪传了什么话没有？"

郑长益说："今天一大早，有人用箭朝我家大门射了一封信，我拆开一看，原来是土匪提的条件，要五十两纹银。"

郑广说："五十两，是要的多了些。"郑广知道郑长益善于经营，家境尚可，要拿出五十两银子还是有些困难的。

郑长益说："现在这种情形，谁还管钱多不多的，只要人没事就行。"

郑广说："益叔，如果差钱，您说一声，差多少我给您拿多少。"

郑长益："现在不是钱的事，钱我们都凑齐了。"

郑广说："既然银两凑齐了，想法交钱换人喳。"

郑长益叹了一口气："唉，如果这么简单就好了，我也不会上门来了。"

郑广问："难道土匪还有别的条件？"

郑长益说："土匪提了另外一个条件。说什么怕引起误会，不要家人来送银两。"

郑广心想，土匪都小心得很。如果是自己家人去送银两，可能怕自己的亲人遭了难，要跟土匪拼命，土匪只想谋财，所以犯不着拼命。让外人去，反而相对好些。

郑广说："土匪提这样的要求也不是不行，不知益叔想到送银子的人没有？"

郑长益望着郑广说："侄儿啊，我思来想去，这不就只想起你一个人来了吧。你是族长，我信得过你，你一定要救我两条人命啊。"

郑广在心里暗自思量：送银两好说，可这土匪是杀人不眨眼的角色，万一有什么差错，我可担不起这个责啊。

郑长益见郑广许久不说话，便又跪了下来，哭喊着："侄儿，你是族长，我想来想去，只有你最合适，你一定要救命啊。"

见郑长益又跪了下来，郑广忙伸手去扶，可郑长益铁了心的不起来，直喊着"你不答应我就不起来。"

郑广扶了几次都扶不起来。见状无法，只好答应他："益叔，我答应你，我去送银两换人回来，你快起来。"

见郑广答应了，郑长益才站了起来，拉着郑广不松手："侄儿，你当族长我最服你，你一定要平安地把人换回来啊。你知道，我几代就这一根独苗啊。"

郑广答应不迭："好，好，我一定把人给换回来。"

郑长益又细说了土匪换人的时辰和地点，便回家筹备银两去了。

见郑长益走了，郑张氏和小香莲从里屋出来了。郑张氏责怪郑广："你看你，跟土匪做买卖是一般人做的吗？你为什么要答应呢。"

郑广知道妻女是关心自己，便耐心相劝："益叔不是也没有办法了吗，我是族长，肯定要为他们出头，这关乎两条人命，你说我不答应我心里过意不去啊。"

郑张氏说："我就不信，还没有别人可以去了。"

郑广说："他家的情况你又不是不清楚。几代都是独子，兄弟姊妹都没有一个，亲戚又少，即使有也都是些不起作用的亲戚，没见过什么世面。真要他们去换人，我还不放心呢。再说了，这样的事，找到我族长，我不出面，也不好推到别人身上。都是有家有口的人，如果出了事，也是我们郑族的事，我作为族长也于心不忍。"

郑张氏说："你于心不忍，那你就去送死了。"

郑广劝道："没有这么严重，不是一去就是送死。土匪既然说了要钱，肯定是图财，不会害命，只要钱到了手，自然就会放人的。怎么也不会为难我们的。"

小香莲见无法劝说父亲，只好拉着父亲的手说："爹，那你万事要小心啊。"

郑广看着这两个关心自己的人，点了点头。

第十七章

当天傍晚，是土匪约定的时辰。郑广骑着马，斜挎着一个包袱，里面有郑长益准备的五十两银子，来到了约定的地点：游士坡。

游士坡在大战坡与青林寺的交界，这里山高林密，路窄坡陡，靠近清江，十分适宜土匪逃窜和隐藏。所以土匪把交换地点选在这里。

郑广来到游士坡，慢慢地放马往前走，眼睛往四周机警地看着。漫山坡上杂草有半人多高，不说千军万马，藏几十个土匪都不显眼。

果然，走不多远，便从草丛中蹦出五六个蒙面莽汉来，把郑广围在了中间。突见人来，马受了惊吓，嘶声长鸣，郑广急忙勒住缰绳，稳住了马。这时，一个跛脚蒙面大汉上前来接过缰绳，郑广趁势下马，问了一声："敢问几位爷有何贵干？"

那个跛脚蒙面汉子喝道："是郑长益老爷子请来的吧？"

郑广心想这就是了，忙答道："对，是益叔让我来的。"

这时，从后面窜出一人，附耳在那跛脚汉子耳语了几句。跛脚汉子说道："还算识相，没报官。"原来这人一直跟着郑广来的，看有没有官府的人跟着。如果有人跟着，绑匪可能不会露面，也有可能撕票。

那个跛脚汉子在前带路，引郑广往前走了二里多路，到了一处凉亭。

跛脚汉子问道："把银子拿来看看。"

郑广说："这位爷，道上的规矩我也知道一些，交银换人，我没看到人，哪有先拿银子的道理。"

"啪"，跛脚汉子上前就是一个大嘴巴："到了这里，还有你讨价还价的。"说完，扯过郑广肩上的包袱，扔给旁边的一个土匪。

那个土匪接到包袱，解开了，白花花的银锭露了出来。那个土匪一五一十地数着，数完了，对着跛脚汉子点了点头。

跛脚汉子晓得银两够数，便朝后面吹了一声唿哨。

不大一会儿，从后面一处山石处，三个土匪押着两个人走了过来。郑广一看，果然是郑长益的儿媳和孙儿，都被绑着，但衣裳还算整齐，看来没受什么苦。两人也都被蒙了面，眼睛都蒙得严严实实的，被后面的绑匪推搡着来到山亭。

到了山亭，绑匪才解开两人的蒙面。郑长益的儿媳姓孙，在家里排行老大，郑广平常称呼一声孙大娘。孙大娘一看到郑广，眼泪便下来了，哭喊着"广叔救我，广叔救我。"而那个郑长益的孙儿只木然地站着，可能还不太明白是怎么回事。

郑广看到孙大娘这样，便劝慰道："现在好了，不要紧的。只要人平安就好，我们银两已经给了。"

郑广边说边朝绑匪们看着，他要看看是不是村里的人，或者是不是认识的人。

"乱看什么，小心把你眼睛挖出来。"见他东瞅西看的，一个绑匪连忙制止了他。

郑广赶忙低下头，眼下是救人要紧，莫再生事端才好。他低声说："各位爷，现在银子交了，人也放出来了，我们可以走了吧。"

众匪不说话，都望着那个跛脚汉子。郑广知道那个可能是个头目。便又朝那个跛脚汉子拱手作揖道："这位爷，我们都是老实人家，也没有报官。现在银子给了，人也放了。家里着急得很，我们就先回了。"

那个跛脚汉子"嘿嘿"一笑："郑广，你真不知道我是谁？"

郑广心一惊，听着这声音有些熟悉，心里猛地想出一个人来，但他不敢细想，生怕绑匪知道了，便道："大爷，我年老眼花，眼睛又不过人，没见过大爷，不知道大爷是谁，我也不想知道大爷是谁。"

跛脚汉子道："没想到昔日威风八面的郑族长今天怎么这么小意了。"

郑广见对方认得自己，便挺直了腰板，说："这位爷，我们庄户人家，不敢冒犯各位大爷。今天的事就这样算了，今后各走各路，互不相干。"

跛脚汉子"呸"的一声："什么互不相干，我今天这样全靠郑族长所赐，这笔账怎么算?"说完把跛脚往凉亭上的栏上一搁。

郑广又一惊，心想遇到麻烦了："这位爷，咱们素不相识，我郑广也从不做害人的事，怎说这话。"

跛脚汉子恨恨地说："我还陷害你不成。你看看我是谁?"说完，把蒙面的黑布往下一拉。旁边的其他绑匪想来拦可也迟了，一个绑匪说"二当家的，大当家吩咐过，你怎么露相了?"

"大当家说的话我当然记得，我自有分寸。不过，大当家的说过，我们要扩大队伍，扩充地盘，要想在大战坡立足，不灭一灭郑广的威风，怎么能行。"跛脚汉子说。

郑广一看，果不其然，跛脚汉子是自己心中所想的那人：赵兴盛。就是那个原来跟郑大同、郑道本经常在一块喝酒打牌的，自从爹娘死后，经常一个人到处混，多年没有回大战坡了，没想到真的当了土匪了。但他脚瘸了跟我有关系呢?

郑广小心翼翼地问："原来是赵兴盛大爷，多年不见，没想到在这里碰到。"

"呸，少在这里假惺惺，没想到郑族长还记得我这个小人物。"赵兴盛恶狠狠地说。

郑广不想在这里过多纠缠，还有两条人命没脱离危险呢，想乘机走人，便说："既然是熟人，那赵兴盛大爷，我们银货两清，请高抬贵手，放我们一条生路。"

赵兴盛说："银货两清，我们做这行买卖的，自然懂得这个道理。他们两个人可以走了。"

听到这话，郑广连忙给孙大娘他们母子俩解绳子。解完绳子，正准备走时，没想到赵兴盛拦住了他："我只说他们两个可以走了，我这笔账还没算呢。"

郑广赔笑道："不知我们还有什么账算？"

赵兴盛指指跛脚说："他们两个人值五十两银子，我这条腿值多少钱呢？"

郑广不知赵兴盛现在为什么要提这个瘸脚，便说道："不知赵大爷的这条腿跟我有什么关系？"

赵兴盛冷笑道："不知郑族长是真不知道还是假装糊涂。想在我这里打马虎眼可行不通。"

郑广苦笑："我是真不知道，还请赵大爷明示。"

赵兴盛说："既然郑族长真不知道，那我就直说。你记不记得当年郑大同郑道本要出门做事，你给拦下了。"

郑广想起来了，就是那次自己让郑大同郑道本到城里的绸缎庄做事的那回，可与他有什么关系呢？便回答："知道，上次他们没吃没喝的，要出去做事，我作为族长，拦住了他们，并且给他们找了个差事。现在做得还不错。"

赵兴盛冷笑："不光是找了差事，听说还替他们还了赌债了吧。"

郑广想起来了："对，他们说当时欠了赌债，赌债也是债，是债就得还，所以我出钱替他们还了赌债。"

赵兴盛说："好一条赌债也是债，你替他们还了赌债，他们高兴了，可我就惨了。"

郑广说："不知道这与你有什么关系呢？难道他们是欠你的赌债？即使是欠你的赌债，还了你也应该高兴啊。"

"呸"，赵兴盛狠狠地吐了口痰："我本来想的好好的，可被你一搅和，什么事都毁了，把我这条腿也废了。"

郑广说；"赵大爷，我真不知道与你有什么关系。"

赵兴盛说："那好，我现在讲给你听，你说这个赌债怎么还法。"

赵兴盛继续说："当时我也是走投无路，想上山投靠饿虎岗的大哥，可大哥当时正在招兵买马，说我上山可以，但要带两个弟兄来。我便想到了郑大同郑道本。他们欠我的赌债，无法还债，本来我们说好的，他们随我上山入伙，赌债一笔勾销。当时我认为他们肯定会上山，便跟大哥打赌，他们上山我便坐第二把交椅，他们不上山，我便自断一条腿。可哪里想到，你替他们把赌债一还，他们也不肯上山了。我没办法，虽然大哥说玩笑话不算数，可跟你说的一样，赌债也是债，所以我自行了断，便把这条腿废了。不然我怎么在山上立足。你说这个赌债我算在谁名下？"

郑广说："你现在不也是二当家的？"

赵兴盛说："可我这条腿瘸了，这怎么算？山上的兄弟都是脑袋别在裤腰带上的，你知道我瘸一条腿，当上二当家的，我流了多少血，挨了多少刀？"

郑广知道他的意思，一个瘸腿的人在山上有口饭吃就不容易，还坐上了第二把交椅，可以说是命拼来的，没有点真本事，没有点凶狠劲，在山上无法立足的。

郑广说："赵大爷，我当时真不知道会有这回事。郑大同郑道本是我族人，我作为族长，当然要为他们出头。"

赵兴盛阴笑道："好，你为他们出头，替他们把赌债还了，现在也将替我把赌债还了吧。"

郑广说："赵大爷，既然这样，这笔债多少钱，赵大爷说个数，我负责还。"

赵兴盛说："郑族长果然是个爽快人。赌债有数，要用银子还。我这是条腿债，当然要用腿来还。还要加上利息。"

郑广一惊："赵大爷，这要怎么还。"

赵兴盛说："一笔一笔的算。赌债是一条腿，利息是三刀。"

说完，一使眼色，原来分散的绑匪又重新围拢来。

郑广一听赵兴盛如此无赖，心想他肯定不会放过自己了。对方虽然有十个人，但这里山路崎岖，要跑还是有机会的。他对自己的身体还是有信心的，这么多年没放下过农活，无论什么粗重农活自己都捡得起，并且不比佃户干的少就是一个证明。

郑广往四周看了看，前边一共三个绑匪，有跛脚的赵兴盛，还有一个大高个，满脸横肉，身体壮实，还有一个就是一直跟着郑广来的瘦子，后面有两个，左边有三个，右边有两个，但看地形，凉亭在山坡上，前后有一个小路，右边是缓坡，有一道不高的山峰，左边是一条陡坑，再往下就是清边了。郑广打定主意，他猫着腰，用力地往前一窜，眼看就要撞上赵兴盛。众匪见郑广要跑，大喊着纷纷挥着手中的家伙围上来。赵兴盛一看郑广要撞上来，也急忙往旁一躲，可郑广见众匪都围了上来，突然扭转身子，猛地往右一跳，跳到了一声茅草丛中，手上抓着一把茅草，往上一窜一纵，眼看就要跑到山冈上。这时众匪见他跑了，也急忙也窜上草丛。

郑广正在想着往哪边跑时，这时一大声啼哭让他止住了向上跳的身子，"广叔，广叔"孙大娘母子齐声大喊了起来。原来赵兴盛见郑广跑了，也不忙着追赶，而是用刀压在了孙大娘的脖子上。

这一声喊让郑广犹豫了。他来的目的是救人，而现在自己丢开她们母子自己跑了，算什么人？以后还有资格当族长吗？想到这，他的脚步慢了下来。

看到郑广停了下来，赵兴盛喝住了其他土匪："别赶了，让他跑，看他跑多远。"众匪看他用刀逼着孙大娘，知道了他的用意，也都不再追赶。

赵兴盛得意地朝郑广喊："郑族长，你跑啊，最好跑快点，喊人来给她们母子收尸呗。"

听到这，孙大娘两母子哭得更大声了，"广叔救命，广叔救命"喊个不停。

橘神传说 ◎

这一下，真让郑广为难。跑，有可能突出重围，捡回一条命。可孙大娘两母子就有危险了，他们可都是杀人不眨眼的土匪。不跑吧，自己肯定有性命之忧，家里还有夫人和女儿在等着自己呢。

真是左右为难，望着下面赵兴盛得意洋洋的笑，郑广真恨不得拿刀挖出他的心来看看，拿女人和孩子当筹码，算什么男人？可现在，有软肋在他手上，不服软不服。现在关键是保住那两母子的性命。想到这，郑广向赵兴盛喊道："赵兴盛，你算不算男人，如果是男人的话，放开女人和孩子，我们两个人比划比划，赢了，放我们走，输了，我心甘情愿受你摆布。"

赵兴盛哈哈一笑："到底是族长，鬼点子多，我才不上你的当呢。你下来，把我的赌债还清再说。不然，就等着为她们收尸吧。"

见赵兴盛软硬不吃，郑广长叹一口气，说："好，我下来，但你要答应我，不要为难她们母子。我一下来，就放她们走。"

赵兴盛心想，赎银收了，现在他只想报复郑广，那两母子对他没有任何用处。想到这，他便对郑广说："好，我答应你。你一下来，我放她们走。"

郑广怕他反悔，便又问："赵兴盛，你是二当家的，在这条道上混，要说话算话。我落到你手里，我无话可说，但有一条，你答应过放这母子，一定要说话要算话。"

赵兴盛笑道："我说话当然算话，我不会动这母子一根毫毛。我就是想让你还赌债，你一下来，我就放她们走。"

郑广见他说的真切，心想他在兄弟们面前说的话，应该要算数。便从山冈上一跃而下，跳到凉亭来，用手拨开压在孙大娘脖子上的刀，对她们说："你们走吧。"

赵兴盛见他下来了，哈哈一笑，用刀抵着郑广，说："我说话算数，你们走吧。我只要郑族长还点赌债罢了。"

第十八章

郑张氏和小香莲在屋里焦急地等待着。等来的是郑长益他们带来的郑广的尸首。孙大娘母子回来后，把情况向郑长益一说，郑长益知道情况不好，便召集了郑族的几十个青壮年，赶到游士坡。等他们赶到时，土匪早逃散了，只留下了在血泊中的郑广。

郑张氏一看到郑广的尸首，眼前一黑，便昏了过去。小香莲也哭得死去活来，她不明白，为什么活生生的人出门去，回来的却是尸首？为什么明知道有危险，还是一定要去？

在郑长益等长辈的主持下，郑广埋在郑家的祖坟里。在沉寂了几天之后，郑张氏把小香莲叫到跟前，对她说："父亲已经去世，已经无法挽回，但我们仍然要坚强，一定要勇敢地活下去。你父亲也一定希望我们坚强地活下去，而不愿我们沉浸在他死亡的痛苦中。你也长大了，你要继承你父亲的作为。我们一定要快乐幸福地活下去，我们还要想办法保持郑族的荣誉，我们有责任。"说完，郑张氏便给小香莲讲了观音赐女的故事，并说观音希望小香莲能行善积德，造福众生。

虽然从小跟随妈妈朝拜观音、学佛礼神，但还没想过自己是观音赐女，并且还有造福众生的使命。当小香莲知道了后，立刻感觉到了责任，一种神圣的责任在心中涌现了出来。

从此以后，小香莲勇敢地担负起家庭的责任和家族的责任，让欢乐和笑声在家庭中日夜回荡，让善行和崇德在家族中延续和发扬。

饥荒岁月不仅让土匪日益增多，也让乞讨的人多了起来。每当看到有乞讨的人，小香莲都是把他们引到家里来，和妈妈一起做饭给他们吃，让他们分享家里的食物，并且在临走时还送食物给他们带走。

　　饥荒往往和疾病连在一起。每当看到乞讨的人患有疾病时，小香莲就用她所学的医学知识，给他们治病。有一天，村里来了一个满脸脓疮的老婆婆，人们都远远地躲避着走，深怕染病。小香莲看到了，主动拉起老婆婆的手说："请到我家里来吧，让我来医治你。"

　　一回到家，"到家了，妈，有客人来了。"小香莲往家里喊道，郑张氏满怀欢喜地答应着。这简单的答话，给了老婆婆很大的安慰。这是小香莲和妈妈商量好的话语，她认为这样的对话，能给乞讨的人以更大的尊重，让他们感觉到不是在乞讨，还是回家，让他们感觉不到愧疚，而是满足。也让小香莲感觉自己不是在施舍，而是在分享，而是在爱。

　　郑张氏首先给了老婆婆丰富可口的食物，小香莲精心调配了药物，给老婆婆敷药，并且拿来干净的换洗衣服。就这样，直到老婆婆康复，在这个家里看不到一丝麻烦的感觉，听不到一点抱怨的声音。在分别的时候，老婆婆哭着对小香莲说："我活了几十年了，还没有过这样温暖如春的感觉。我现在老了、病人，人们都嫌弃我，就连亲人也离开了我。恩人，你们的大恩大德，我该怎么报答呢？"

　　小香莲笑着说："老婆婆，什么也不需要报答。就当这是你的家，就当我们是你的亲人，好好保重自己，就是对我最好的报答。"

第十九章

要想从亲人逝世的悲痛中走出来，是一件不容易的事。在这样的日子里，总有一个人默默地陪在小香莲身边，那就是赵秋山。他像大哥哥一样，在小香莲孤立无援的时候，给她温暖，在小香莲畏难不前的时候，给她鼓励，在小香莲困惑不安的时候，给她力量。就这样，在赵秋山的坚守、支持下，小香莲渡过了失去父亲那段最艰难的岁月，重新走入了新的人生。

随着时间慢慢流逝，留在两个人心中的那份情感弥足珍贵。在小香莲日常虔诚的祈祷中，从小香莲日常奉行的善行中，两个人相互依靠，两颗心越走越近。

赵秋山把小香莲当成妹妹一样，她的欢乐就是他的欢乐，她的喜悦就是他的喜欢。她的痛苦，他宁愿自己来尝，自己来背。特别是当他看到小香莲思念父亲时，他恨不得替郑广去死。可事实无法更改，过去的无法重新来过。他只有更心疼这个妹妹，什么事都替她着想，什么事都为她考虑周全，让她全心全意干自己想干的事。

一天，小香莲收留了一位老爷爷，老爷爷走失了几天，记不得家。小香莲特意为老爷爷熬了好吃的莲豆粥，蒸了鸡蛋羹。在老爷爷吃饭后，赵秋山和小香莲陪老爷爷说话，老爷爷不认识家了，十分想念家人，他们想逗老爷爷说话，从中探听一些线索。正在这时，老爷爷的闺女找上门来，原来老爷爷走失的这几天里，他的家人四处寻找，到处找不到，听说这里有一位老爷爷，特地前来看看。

看到闺女来了，刚才还在愁眉苦脸的老爷爷，一下子喜笑颜开起来，嘴里喊着"闺女，这是我的闺女，我的闺女来接我了。"

说完，紧拉着闺女的手不松开，闺女也是眼泪一下子就下来了，直喊到"爹，你到哪儿去了，我们到处找你，我们都好想你哟。"

这一下，把小香莲想念郑广的心全勾上来了，原来那份心全埋在心里最深处，就像待嫁闺女祖传的珍宝一样，只在无人时拿出来自己欣赏。可现在小香莲不顾客人在场，号啕大哭起来。赵秋山知道小香莲的心思，也知道现在不用劝，要等小香莲把那心思全流露出来就好了。小香莲一边哭，一边拉着赵秋山的手，喊着"秋山哥，秋山哥"。那楚楚动人的神情让赵秋山的心肠寸断，在那一刻他下定决心要为小香莲报仇，为仇人的血抚慰小香莲的心。

赵秋山装作无意的，和孙大娘打听绑匪的情况。本来孙大娘无意说起，可耐不住赵秋山软磨硬泡，三天两头地帮她挑水砍柴，总算得出了一点消息。绑匪是饿虎岗的山匪，离青林寺游士坡还有一二十里地，大当家的不知道姓甚名谁，二当家叫赵兴盛，是个瘸子，就是脚瘸因郑广而起所以才起了杀心。山匪一共二三十人，平时主要靠抢劫为生。虽然没得到什么有价值的消息，但最后王大娘透露了一点：杀人的赵兴盛跟郑大同、郑道本原先相熟。

郑大同郑道本在城里绸缎庄吴刚的手下做事，赵秋山也认识。他们都受恩于郑广，听说郑广出事后，他们都要进山为郑广报仇，可郑张氏拦住了他，说郑广原来有交代，打匪是官府的事，平常百姓不能打匪。本来打匪是好事，可不通过官府，百姓打匪也成了匪了。吴刚他们才没有进山打匪报仇，而是选择报官。虽说报了官，但饿虎岗山高路窄，攻之不易，官兵来打了几次，均无功而返。官兵一来，土匪便逃窜到更高的山上，甚至到邻近的长阳、巴东去了，官兵来土匪的毛都见不到一根。等官兵一走，土匪便又耀武扬威地回来。时间一长，官兵也懒得来打匪了。

赵秋山决定进城找吴刚、郑大同他们打听消息。进到城里，不巧的是，吴刚带着郑道本进货去了，郑大同在绸缎庄里接待了他。待赵秋山说明来意后，郑大同拍着大腿叫道："好，好，早就收拾这个家伙了。"

赵秋山说："我来找大哥，就是共同商量一下。"

郑大同问："想当年，想不是广叔，我早就上山为匪了，哪有现在这般光景。说起来，广叔遇难，我也有罪。要不是我现在拖家带口的，我也早想去找赵兴盛了。"

赵秋山说："大哥，我也想过，可进山太难了，官兵打了这些年，也没个结果。我们只怕进得去，出不来。"

郑大同说："那你有什么办法？"

赵秋山说："我听说他们土匪也不老是呆上山上，时不时的下山找个乐子。他是二当家的，肯定在城里有个落脚点。不知你知道赵兴盛除了山下，进城一般在哪里落脚？"

郑大同说："这么多年没见过了，不知道具体情况，但好像听人说过，他在城里的怡红院，有个相好，叫小月。"

赵秋山说："好，我们不去城里，就在小月那里等。"

郑大同说："就你我去，需不需要报官？"

赵秋山说："报官的话，我们也不知道他何时下山，官府也不是你家开的，他不可能随时听你召唤。再说这事我想自己给小香莲一个交代。"

郑大同知道他和小香莲的关系，拍着他的肩说："好样的，香莲能有你这样的大哥，谢谢你。"

当晚，赵秋山就在铺里住下，郑大同城里熟悉些，加上经营绸缎生意，跟怡红院也有些往来，便去打听些消息。

小月是怡红院的红人，郑大同花了三两银子，才喝上小月的花酒。小月是风月中人，自然知晓利害关系，她不会轻易得罪这种刀尖上舔血的人，所以无论郑大同如何试探，小月都闭口不谈赵兴盛。郑大同也是做生意的人，就说自己受人陷害，想找人报仇，酬金不是问题，并且无意透露出自己与本城几个大户的生意往来。小月才相信了他，说定初八日，也就是后天，晚上在怡红院和赵兴盛碰头，具体商议。

赵秋山知道这个消息后，兴奋地在屋里转来转去。本来赵秋山想一个人去见郑大同，可郑大同说是他联络的小月，如果他不去，小月肯定会怀疑，赵兴盛也不会见面。赵秋山又想到赵兴盛认识郑大同，怕一见面就被赵兴盛识破。郑大同说他早就想到了这一点，他说自己在郑广的关照下，在绸缎庄几年，早就变得自己也不敢认了，不仅身宽体胖了不少，而且肤色白净，早已不是原来那个黑瘦弱小的逃荒之人了。如果再稍微装扮一下，如戴顶毡帽什么的，就更保险了。再说，自己受郑广大恩，无以为报，如果能尽一点力也是好的。

于是，两人商定，郑大同装扮成大老板，赵秋山是他的伙计，两人一齐去怡红楼。想到赵兴盛不会单枪匹马下山，但也不会带很多人手，最多三四个人，刺杀赵兴盛的机会还是有的。为保万一，郑大同还是买通了衙门里相好的两个捕头，在怡红院外等候，一有风吹草动，便可上来帮忙，动手抓人。

商议后，两人又多次来到怡红院，仔细观察路线。怡红院在一个胡同的拐角，来往人马很多，周围巷道也多，只要得手后，逃跑很容易。

一切都很顺利。初八傍晚，郑大同和赵秋山精心打扮，早早来到怡红院。郑大同早就定下了包间，小月也在等候。八号是她和赵兴盛约好的日子，每逢初八，赵兴盛便下山，和小月幽会。

郑大同一副老板派头，戴着一顶大毡帽，故意哑着嗓音，说是染了风寒。小月也没多在意，依旧喝酒唱曲。赵秋山伺立一旁，一双眼睛四处打望。

吃喝了半晌，酒菜渐冷。赵兴盛还未出现。莫非有变？赵秋山向四下探望，未发现异样。小月也焦急不安，不时进进出出，坐立不安。她一是担心赵兴盛有事，二是郑大同和她商定的中介费二十两，不见到赵兴盛不会付钱。所以小月也担心赵兴盛不来。

"咣当"一响，门突然推开了，进来了三个人，走在前面的果然是赵兴盛，瘸着脚，腰挎一把长刀，大摇大摆，左摇右晃的，像是进入自己家一样。可一进门，突然发现屋里有人。他一愣，后面跟着的二个跟班也愣住了。赵兴盛可能没想到在自己约好的日子里，小月屋里怎么会有人。

这时，屋里的人都站了起来。小月浪笑着扑了上去："盛爷，还以为你把我忘了，不来了呢？"

赵兴盛抱着小月，警惕地望着郑大同和赵秋山："他们是谁?"

小月忙附耳向赵兴盛悄声说了几句。

赵兴盛有些恼怒地说："不是跟你说了吗，我在这里不见外人。"

小月笑着小声说："郑老爷不是外人，他是这里的常客，我们熟得很。"

郑大同忙双手行礼："盛老爷，久仰大名。"

赵兴盛鼻子一哼："既然不是外人，请坐，有什么事好说。"说完，慢慢踱进屋来。旁边的两个跟班也放松下来。

郑大同斟酒一杯酒，双手举杯，对赵兴盛说："盛爷，请坐，在下敬盛爷一杯。"

赵兴盛接过酒杯，向郑大同看着："郑老爷客气"，话还未说完，像是发现了什么："你，你，不是郑大同么。"匆忙丢掉酒杯，准备拔刀。

郑大同见赵兴盛发现了自己，知道坏了事，急忙从袖筒里掏出事先准备的一把小刀，指向赵兴盛。赵兴盛刀长，还没有拔出，便被郑大同的刀抵住了喉咙。

这时，那两个跟班也拨出刀来，但见赵兴盛被制住，都不敢乱动。郑秋山也掏出一把短刀，抵住了赵兴盛的后背。

那小月见眼前发生了这一场变故，"呀"的一声，便惊吓了一般，站在门口不敢动了。

赵兴盛虽然被郑大同和赵秋山一前一后用刀抵住，但他到底刀里来、火里去，当土匪这些年，见过大场面，依然面不改色：

"郑大同，这是干啥子，我们前世无冤、今生无仇，有什么事值得这么动刀的?"

郑大同说："赵兴盛，我们虽然没有冤仇，但你杀了郑广，他是我的大恩人，你忘了吗?"

赵兴盛说："我知道郑广是你的恩人，但你知不知道我的腿是被郑广弄瘸的，这事还是因你所起的呢。"

郑大同说："你腿瘸是你的事，你为什么要怪别人。你知不知道，如果没有郑广，我不晓得死了多少次了。"

赵兴盛说："哼，你认为郑广是大恩人，我却把他看作我的大仇人。本来我也没准备报仇，可哪想到，天要杀他，那天他送上门来，我不杀他，我对不起我自己!"

这时，赵秋山恨恨地说："没见过你这么不讲理的，那今天你送上门来，是不是天要杀你。"

赵兴盛眉头一皱，问郑从同："他是谁? 是你请来的帮手?"

郑大同说："不，他也是大战坡的汉子，同样受恩于郑广。"

赵兴盛一听，哈哈大笑："原来都是两个土里土气的大老粗，凭你们两个要杀我，还不行。你不看看我饿虎岗有多少弟兄。"

赵秋山把刀往前一送，刺破了赵兴盛穿的棉衣，说："甭管你有多少弟兄，先问了这把刀再说。"

赵兴盛笑道："小兄弟，我玩刀的时候你还在尿裤子呢。"边笑边朝那两个跟班使眼色。那两个跟班本来顾忌赵兴盛被人制住，现在见赵兴盛在使眼色，便一左一右悄悄地包抄过来。

郑大同一见那两个土匪在过来，忙把刀抵得更紧了，刀尖划破了郑兴盛的喉咙，郑大同大叫："你们谁敢过来，再敢动一下，我就叫他白刀子进，红刀子出。"

那两个跟班一下子定住了。

赵兴盛到底是老江湖，依然面不改色，笑着说："兄弟，想当年我们喝酒赌钱，多少逍遥自在。怎么现在弄到这种田地，要用刀来说话了呢。"

郑大同厉声道："少套近乎，当初要不是你们逼赌债，我也不会答应上山，郑广也不会替我们还赌债，也不会死。一切都是因你而起，你还我广叔的命来。"

赵兴盛说道："郑大同，你知道我一条烂命，早就活够本了。可你要知道，杀我容易，但饿虎岗的弟兄们答应吗？杀我一个，我要十条命来抵债，我要血洗大战坡。"说完，又向两个跟班的人使眼色，头向门外点点。他知道自己可能跑不了了，他不知道除了郑大同他们这两个人，还有多少人，所以要有人跑出去通风报信。那两个跟班看赵兴盛要他们出去，相互望了望，便准备悄悄地溜出门。

郑大同发现了他们的意图，急忙喊道："谁也不准走，谁走我就捅死他。"说完，把刀又往赵兴盛脖子上刺深了一些。可那两个跟班到底是刀尖上舔血的，也不管他，拔脚就想往外跑。

郑大同知道，他们一跑，回到饿虎岗后，土匪肯定会疯狂报复。他急了，对赵秋山说："你看着他。"说完，拿起刀往门外赶去，边喊边叫："不能让土匪跑了。"他是在招呼门外埋伏的衙门的兄弟，千万不能让这两个土匪跑。

在这个时候，赵兴盛知道他们绝不会放过他的，所以郑大同的刀一松，赵兴盛一扭身，拔出他的长刀来，朝后砍去。

身后的赵秋山看到赵兴盛在拔刀，用力地把刀向赵兴盛的后背刺去。刀刺中了赵兴盛的后背，可赵兴盛的刀也砍在了自己的身上。赵秋山的是小刀，一下子刺不深，他拔出来拼命地刺，再刺。

赵兴盛也挥着刀，疯狂地朝赵秋山身上砍去，两个人一个刺、一个砍，很快就都倒在了血泊中。那个小月不知什么时候早就跑得不见影了。

郑大同追出去后，只见那两个跟班挥舞着大刀，怡红院里的人吓得到处乱窜，纷纷躲避。两人夺门而出，只见胡同东边有两个衙门模样的人迎上前来，知道可能是郑大同他们的同伙，便急忙折回来朝西跑去。待郑大同追出来时，两人已跑出几丈远了。郑大同正要追时，衙门的兄弟拦住了他："俗话说，穷寇莫追。让他们跑了算了。"郑大同急得大喊："跑了就遭了，他们要去报信。"待他挣扎出来再去追时，哪看得到土匪的影子。土匪经常在山沟里讨生活，脚力自然好，早就跑不见影了。

郑大同无法，又惦记着赵秋山，忙折回怡红院，待他进到那间房时，只见两个血淋淋的人倒在一起，赵兴盛胸前插着短刀，早就没了气。赵秋山身上砍着一把长刀，一摸，还有口气在。忙大喊："秋山，秋山"。

赵秋山微弱地睁开眼，指着赵兴盛对郑大同说："跟小香莲说，我替她报仇了。"说完，头一歪，便也咽了气。

郑大同哭了一阵，便和衙门的兄弟商量着怎么处理。虽然是乱世，但在城里杀了人，自然有人报官，自然要有个说法。

那两个衙门的兄弟商量了一会，就说是郑大同和赵秋山来吃花酒，偶遇土匪，被土匪抢劫，双方争斗，互有死伤。但要把小月的嘴堵上。

世上无难事，有钱就好办事。郑大同在生意场中见识了这些年，自然知道这个道理。便赶快回绸缎庄找账房支了五十两银子，交给那两个兄弟，让他们上下打点好。那衙门的人是做惯了这个的，出了五两银子，加上一顿威吓，小月便不也敢乱说话了。至于其他人，只当是官差办案，不知内情，也不敢胡乱猜测。加上死的真是土匪，也就没人再追问了。

一切安顿好后，郑大同雇了一辆车，将赵秋山的尸首运回了大战坡。

第二十章

小香莲听说赵秋山为父亲报仇而杀死赵兴盛、自己也死亡的消息后，哭得昏天黑地。前不久，父亲才亡，现如今，心上的人也离她远去，两件事一下子积累起来，让小香莲沉受不住，哭昏了过去。

待她醒来，赵秋山已经下了葬，小香莲挣扎着又去坟前哭了一回。她既心痛父亲的逝世，也惋惜秋山哥的离去。她不明白，冤冤相报何时了，为什么世间这么多苦难，为什么人人都不以爱相待，为什么人人都这么自私？她不明白，难道这么多年自己拜观音菩萨，信佛教轮回，积极向善，这些都错了吗？自己一心虔诚向佛，为什么得不到佛祖的保佑，世人争钱争利，为什么佛祖不来点化？为什么世间这么多苦难，观音不来救苦救难？

直到母亲和赵秋山的父母找到小香莲时，小香莲才和他们一起回家去。一回到家里，没想到来了一大屋子人，不仅吴刚、郑大同他们来了，郑长益和他的儿子郑大全、媳妇孙大娘他们来了，还有郑族的一些年长的长辈。

郑张氏忙招呼他们入座喝茶，郑长益他们焦急地说："不要喝茶了，大家商量着该怎么办吧？"

郑张氏问："商量什么呢？"

郑长益说："你还不知道啊，听郑大同说饿虎岗的土匪要来血洗大战坡了。"

这时，郑大同说："我们当时找赵兴盛报仇，虽然杀死了赵兴盛，但跑了两个土匪。后来我找人打听了一下，那两个土匪回去通风报信了，赵兴盛是饿虎岗的二当家的，大当家的非常看重他，如果这次大当家的不为他出头，那他手下的土匪们也不会为他卖命了，所以听说大当家的放出话来，今天就要来血洗大战坡。"

郑张氏说："那我们赶紧报官啊。"

吴刚说："我们在来的路上已经报官了，但官府衙门的人说，县衙的官兵太少，要向宜昌府调兵，所以要来最快也要三天。"

郑张氏忙问："那怎么办呢？"

郑长益说："郑族长过世后，我们还没选出新的族长，现在群龙无首，大家也没个主意。族里有些人已经开始出村投奔亲友了。"

郑大同说："照这样下去，土匪还没来，我们人心先乱了，不用土匪打，我们就已经败了。"

小香莲说："现在关键要把大家组织起来，齐心抗匪，等待官兵到来。"

郑长益说："话好说，可没个领头的人，族内的都不知道该听谁的。"

小香莲说："您年纪最大，德高望重，您应该出来领这个头，当族长啊。"

郑长益急忙答道："不行，不行，我年纪大了，说话没人听了。我当不来呀。"

吴刚说："益爷爷，您当族长别人都服，您不当族长谁来当呢。"

郑长益说："我当不好，我一辈子就不是当官的料。再说，土匪来了，要联合抗匪，我年纪大了，身体差了，上不了台面。"

他这么一说，大家心里都清楚了。因为族长作为一族之首领，平时管理族民，教化族人，而乱时则要领导族人，共抗外侵。作为族长必须身先士卒，族民视族长为先锋，族长的威势大，族民则信心百倍。族长畏缩不前，族民则不战而败。所以族长不是这么好当的，必须有为全族牺牲的精神才能堪当此任。

听了郑长益的话，刚才还议论着要抗匪的人都没了声音，低下了头。

小香莲对郑大同说："大同哥、道本哥，你们来当族长，好不好？"

郑大同想了一会说："小香莲，我们深受广叔大恩，本应接棒领导族人。但你知道，我们原来就偷鸡摸狗惯了的，族人大多瞧不起，近年广叔引导我们走上了正道。但我们这些年没在村里了，怕族人不答应呀。"

郑张氏一听，急了："这可如何是好？大敌当前，没个族长做主，难道看着土匪灭我们郑族不成？"她又想起了丈夫，不禁又哭出声来："郑广，你怎么这么早就走了呢，现在族里没个族长，没个主事的人，该怎么办呀。"

她这一哭，众人都面面相觑，沉默不语。

这时，门外跑进一人，高喊着："不好了，不好了。"

众人一看，原来是郑道本来了。吴刚一见他，拉住他，厉声道："不要慌，什么事，慢慢说。"

郑道本见众人都在这里，喘了一口气，对吴刚说道："你不是叫我在游士坡打探消息吗？我看到土匪下山了，可能有二十几个人，个个都拿刀拿斧的。他们人多，走不快。我骑马先回来报信了。"

游士坡是饿虎岗到大战坡的必经路段，也是上次换回王大娘的地方。

一听说土匪来了，众人都炸开了锅："这可怎么办呢，这可怎么办呢？"有的说"快点回家收拾东西藏起来吧。"有的说"找个山洞藏起来算了。"有的说"土匪都是杀不眨眼的，你跑了他放火烧你的家。不如跟土匪拼了，还不知道谁死呢。"有的说"没个族长，没人组织，怎么跟土匪打呀。"

见众人乱了阵脚，小香莲高声喊道："大家静静，大家静静。"

众人听见香莲说话，马上安静了下来。

小香莲说："现在土匪已来了，跑也迟了，我们现在只有团结起来，齐心抗匪，才有希望。否则土匪一来，大家只有等死的份。"

郑长益说:"是啊,我们郑族的人也很多,不会怕他们二三十个土匪的。"

吴刚说:"那大家快选个族长出来,让他来指挥我们抗匪。"

一说要选族长,众人又沉默了。因为一当上族长,就意识着责任,意识着奉献,意识着牺牲。

见大家都不说话,小香莲急了:"大敌当前,大家快点呀,选个领头的人出来组织呀。"

众人你看我,我看你,都不说话。

小香莲一个个看着众人,大家在她的眼光下都默默地低下了头。

小香莲一咬牙,对着众人说:"既然大家都不当这个族长,我来当。"

一听说她要当族长,吴刚急忙拉住她:"你一个女儿家,怎么能当族长?"

小香莲说:"现在顾不了这么多了。我先当族长,把土匪打跑了,大家再选新的族长,好不好?"

见她如此一说,郑长益说道:"好,你从小跟着你爹,什么场面都见过。我相信你能当好这个族长。你说说,我们现在该怎么办?我们都听你的。"

听他如此一说,刚才才有些犹豫的人这时纷纷点头:"好,我们选郑香莲当族长,我们都听她的。"

见大家都认可了,郑香莲站在一把椅子上,面对众人说话:"各位长辈,现在大敌当前,顾不了这些朝祖的仪式了。我们现在先把土匪打跑了再说。土匪已经来了,我们关键是要团结一心,团结我们本族本村的人,共同抗匪。"

见众人都点头表示赞同,郑香莲说出她的安排:"这样,郑大同、郑道本叔叔你们一齐,鸣锣把本族的青壮年集中起来到祠堂门前,都要带上锄头镰刀等家伙。郑长益、郑长全爷爷你们几位长辈，把族内的老人小孩招呼好，都进祠堂里去。吴刚叔叔你骑马赶快到县衙报官，花多少钱都行，要衙门赶快派兵前来剿匪。"

郑香莲安排周密，想的周全，众人都纷纷行动起来。报官的报官，打锣的打锣，。不一会儿，大战坡已经如同三国时抗蜀一样，笼罩着战前的紧张气氛。

郑氏祠堂位于村口，也是外地进村的唯一通道。

郑香莲来到祠堂，被号召来的青壮年已经聚齐起来，有七八十人之多，有的扛着锄头，有的拿着镰刀，有的拿着斧头，有的举着渔叉。看到郑香莲来了，都自动地让出一条道来。

郑香莲看着这些伯伯、叔叔、哥哥，曾经都是这样的熟悉，如今却又显得有些陌生。一双双勤于劳作的双手，拿着农具是那么的顺手，但今天却不是为了下田耕作，而是为了自己的生存。他们都知道现在这是一次生死之仗，虽然原来也有些零星土匪、强盗进村骚扰过，但郑氏一门团结，几乎都被打了出去。但今天却不一样，来的是整个土匪窝的土匪。想到即将来临的恶仗，他们的脸色凝重起来。

他们虽然人数众多，却惯于体力劳动，但一个个都是老实巴交的庄户人家，与即将到来的土匪不能比。那些土匪打砸抢拼惯了的，吃的就是这碗饭。虽然土匪人数少，但技巧、凶狠上占优势。现在可以说是势均力敌，双方都讨不到什么好。

郑香莲一边走一边想，究竟为什么要闹到这般田地，为什么就不能让我们好好的生活。打仗就有死伤，有死伤就不好，有什么方法可以避免这些战争呢？郑香莲一边想，一边祈祷：救苦救难的观音菩萨，快来救救我们吧。虽然她每天都在祈祷，但原来的祈祷都是为了自己或者自己的小家，但今天的祈祷却是为了郑族，还包括凶恶的匪徒。

郑香莲来到众人面前，众人都安静了下来，听这位新任族长的安排。郑香莲先面向祖宗牌位下跪，祈求郑氏祖宗及众位神仙的保佑。接着，她对众人说："各位郑氏族人，今天是我们郑族的

橘神传说 ◎

保卫之战，也是我们自己的生死之战。饿虎岗的土匪作恶多端，绑架抢劫，杀人越货，无所不作。今天究竟找上门来，要灭我们郑族。我们是郑族的热心男儿，我们的使命就是保家保族，我们要团结起来，共同抗匪。把土匪赶出大战坡！"激情昂扬的话语让大家热血沸腾，大家挥舞着手中的锄头、鱼叉等，齐声高喊："保家保族，共同抗匪。"呼声久久不歇。

这时，饿虎岗的土匪也到了村口，二三十人都拿着大刀长枪，领头的大当家一身白衣，骑着一匹白马。土匪们来到村口，一看郑氏上百人拦在祠堂门前，便都停住了，也一字摆开。领头的大当家的叫嚷："大家听着，我们是饿虎岗的弟兄，今天只找大战坡郑家的麻烦，无关人等散开，莫怪我们刀枪不长眼。"

众人大吼："我们都是郑家的，你们哪里来的回哪里去。"

大当家的一愣："我们都是烂命一条，上山入伙早就把脑袋别在裤腰带上了。你们是庄户人家，有家有口的，犯不着与我们作对。我们也不为难你们。听好了，现在如果走，我们放你们一条生路。如果还是不走，就别怪我们不客气了。"

郑香莲挤过人群，站在众人面前，面对众人说："各位郑家的族人们，我们都是郑家的人，我们要誓死保卫家园，我们绝不后退，绝不当懦夫。"众人举起手中的家伙回应。

她转过身，轻蔑地对大当家的说道："这位是饿虎岗大当家的吧，干什么？怕我们了？还放我们生路？既然放我们生路还这么远来干吗，看热闹来了？"众人哄笑。

大当家笑着说："你是谁？在这里充大？难道郑家的没男的了，让一个女的抛头露面？"

郑香莲说："你看我们郑家没男的，我们都是铁血汉子，见得光，上得了台面。不像你们，都干些偷鸡摸狗的勾当，不好意思说是自己是男人。我们郑家瞧不起你们，让我这个女的来对付你们就行了。"众人齐声大笑。

大当家的说："看来你是专门来充能的哪？那我对你说，我们既然来了，不能白来一趟，你说这事怎么了？"

郑香莲一笑："怎么了，我先就说了，好不容易来一趟，只当游山逛水了，等会哪里来的哪里去。还怎么了？！"

大当家的说："既然你这样说，那要问问弟兄们的家伙答不答应？"说完朝土匪一挥手，土匪们纷纷亮出了自己的家伙。

郑香莲道："这是干什么的，吓唬小孩的，欺负我们没有？"还没说完，郑大同他们率先举起手中的锄头，大喊着："打土匪呀！"众人跟随。洪亮的声势让土匪们矮了半头。

郑香莲说："什么样，大当家的，不说人多，只说个典故。你知道这是什么地方吗？大战坡！知道怎么叫大战坡吗？当年，三国大战，陆逊在这里前线指挥，以逸待劳，火烧连营，大败蜀军。这样的典故你不会不知道吧。和当年一样，我们也在这里守株待兔，你们远道而来，我们好吃好喝地等着。不要紧，你们如果走累了，我们让你们歇会。"

大当家的一惊，四下一看，郑家的人都激情昂昂，而自己的人因为赶了三十多里山路，都疲惫之极，一个个强打着精神。大当家的心慌了，照这个样子，如果一开打，自己胜算不多。于是，便举手行礼道："感谢姑娘的好意，姑娘通古晓今，临危不惧，处变不惊，实乃难得的将才，敢问姑娘芳名？"

郑香莲道："什么芳名不芳名的，小女不才，为郑氏现任族长，郑香莲是也。"

大当家的继续问："不知前任族长郑广是你什么人？"

郑香莲黯然道："郑广乃我先父。"

大当家的说："哦，难怪，将门虎女。久闻郑广郑族长的威名，一直没有会面，颇多遗憾。今见香莲姑娘为人处事，可以想象当年郑广族长何等的尊贵威严。我对郑广族长仰慕得很。本来我们饿虎岗与大战坡相安无事，井水不犯河水，可不成想如今闹到现在这种田地，唉！"

郑香莲说："世事难料，皆是因果轮回。大当家的这样想，再好不过。我们何不化干戈为玉帛，为此打住，以后还是互不相犯，岂不是皆大欢喜。"

大当家的说："事到如今，骑虎难下。赵兴盛是我的二当家，他死了，我如果不为他报仇，我手下的怎么看我，我还怎么要他们跟着我干？现在，虽然我敬佩香莲姑娘，所谓箭在弦上，不得不发，我也不得不给弟兄们一个交待。"说完，就要挥手让手下动手。

郑香莲忙说："慢着！"大当家的立刻停手，众匪也住了手。

郑香莲说："大当家的，我敬你是个明白人，为弟兄们着想。但你知道不知道此事为何而起？"

大当家的说："我不是很清楚，我听赵兴盛说，是郑广害他瘸了腿，他为报仇杀了郑广，却被你们的一个人把赵兴盛杀了。"

郑香莲说："不对，此事因赵兴盛而起。大当家的说过饿虎岗和大战坡井水不犯河水？为何赵兴盛绑了我们大战坡的人？"

大当家的一愣："咦，有这回事？"

郑香莲说："你何不问问你手下。"

大当家的朝手下一望，这时一个土匪朝大当家的附耳说了几句话。

郑香莲说："我们大战坡的都是庄户人家，饿虎岗的弟兄也有很多都是庄户人家上山的，本来饿虎岗和大战坡相安无事，但先是赵兴盛坏了规矩，绑了我们大战坡的人。我父亲拿赎银去换人，却被赵兴盛翻旧账给杀了，我们族人气不过，才去把赵兴盛杀了。大当家的，赵兴盛不义在先，你说这账怎么算？"

大当家的沉思一会，说："我原来不知道绑的是大战坡的人，是我们饿虎岗不对。赵兴盛杀郑广是翻旧账，我管不着。但你们杀了我二当家的，我不出头说不过去。"

郑香莲说："赵兴盛翻旧账你不管，那赵兴盛死了，我们也死了一个人。现在是赵兴盛一条人命，我们死了二条人命，这个账大当家的算得清吧。"

大当家的说："既然如此，香莲族长，你说这事怎么办？"

郑香莲说："大当家的，帐已经算清楚了，大家都听明白了，不需要我多说。至于今天大家既然来了，来的都是客，我好吃好喝的招待大家，吃完了喝好了，大家怎么来的怎么回去，好不好？"

大当家的说："理是这个理，但你知道，我们当土匪的，不是秀才，不讲理。我只知道我的二当家的挂了，我要为他出头，不然我以后在弟兄们面前说话没有听了。"

郑香莲说："大当家的，既然不讲理。那我无话可说，我话讲在前头，我们上百人对你们二十人，我们胜算多。再说，我们已经报官，官府衙门的人马上就到。到时候我们想放你们生路，衙门的人我们管不着。"

大当家的说："我们山上的兄弟，都是不怕死的硬汉子，既不怕人多，也不怕官兵。香莲姑娘，还是躲远些，到时候打杀起来，刀枪不长眼，伤到姑娘就不好。"说完，作势又要下令动手。

郑香莲急忙说："慢！大当家的，既然你硬要打，我也不怕。不过，我有个提议。"

大当家的说："打就打，有什么提议。"

郑香莲说："我是族长，你是大当家的，都为自己人着想。自己人伤了死了，大家都不好过。再加上，我说过，今天这个事本就因赵兴盛这个小人引起，他死也是应得之灾，怨不得别人。既然大当家的硬要为他出头，不如我提议由我们两个人比划一下，就算是双方打拼了的。总好比大家死打活拚的好些。"

大当家的一愣："我们两个比划，哈哈，香莲姑娘，不说我欺负你。我要刀玩枪惯了的，你一个女孩家，还是回家绣花吧。"

郑香莲说："大当家的，别小瞧人。我好歹也是郑家的族长，我说话算话。我们两个比划，别的人都不管。"她还未说完，吴刚、郑大同他们齐声喊："香莲，使不得，使不得。"

大当家的哈哈一笑："这可是香莲姑娘说的，那我就恭敬不如从命哟。"说完，跳下马，拔出刀来。

郑香莲对吴刚他们说："你们不要管，我既是族长，我说话算话。"说完，又对大当家的说："这样，我们两个人，一人刺对方一刀，刺完后，你回你的饿虎岗，我回我的郑家祠堂，双方人马均不得再作争斗。此事就此了结，可好？"

大当家的说："好，就一人刺一刀，了结此事，生死由命，他人不得再行打斗。"

吴刚上前拦住郑香莲，求着她："香莲，使不得。广叔才走，你如果有个三长两短，我如何向干妈交代？"

郑大同他们也上前说："香莲，我们人多，就跟他们打，不怕他们。"

郑香莲厉声道："我是族长，我自有分寸，你们不要干涉。"说完，从郑大同手中拿过一把刀，对大当家的说："大当家的，你是客，你先请。"

大当家的说："香莲姑娘为免族人死伤，自己甘愿以身犯险，在下实在佩服。想必郑广族长在世，也不过如此吧。"

郑香莲说："大当家的，少废话。请"。说完，挺身向前，直待大当家的刀来。

大当家的拔刀在手，说："好一个族长。不过，我年长些，又是男的，我不想背负欺负弱小女流的骂名。这样，我们同时刺对方一刀，如何？"

郑香莲说："好。多谢大当家的恩情。"说完，拿刀在手。

大当家的待郑香莲准备好后，说声："看好了，我刺了。"说完，向郑香莲胸口刺去。郑香莲也拿刀向大当家的头刺去。

"糟了！"看见郑香莲这样的刺法，吴刚等人不禁叫出声来。原来，胸口为人身上面积最大的部位，极易刺中，且上身移动较慢，所以大当家的刺向郑香莲的胸口，这是十刺九中的刺法。

而头虽然也是要害部位，但一是小，二是晃动快，极不易刺中，所以当郑香莲刺向大当家的头时，吴刚等人扼腕惋惜。他们知道郑香莲从小识字学文，没有学过枪棍武功，所以两个比试时肯定处于下风，当时才出言阻拦。谁知郑香莲心意已决，阻拦不了。

见郑香莲的刀刺来，大当家的稍一晃身，同时手中的刀加速刺向郑香莲的胸口。果然，郑香莲的胸口中刀，鲜血一下子涌了出来。而郑香莲刺向大当家的那一刀，因大当家的晃了身子，只削掉了束头疼。果然大当家的一刀得手，信守诺言，不再刺杀，立刻住手。

郑香莲胸口中刀，倒在地上。吴刚等人迅速上前，抱住了她。郑大同正要号召族人动手，郑香莲挣扎地立起身，摇了摇手，用虚弱地声音说："不要动手，让他们走。"

吴刚抱着郑香莲痛哭："香莲，你傻啊，为什么要刺头啊。"

郑香莲笑了笑，问："刺中了头发没？"

吴刚说："刺中头发有什么作用？你看你现在，不要说话。"说完，忙叫族人："快叫大夫来，快叫大夫来。"

大当家的看见郑香莲胸口中刀倒地，说："对不住了，香莲姑娘，刀枪无眼。"

郑香莲对吴刚说："把那头发拿来。"马上，有旁边的族人拿来掉在地上的头发来。郑香莲拿着头发，笑了。

这时，大当家的看见郑香莲拿了自己被削掉的头发，满眼疑惑："香莲姑娘，你为什么要我的头发呢？"

郑香莲笑了笑，说："上天有好生之德，我本无意刺你。但杀父之仇不报，愧对先父养育之恩。削发犹如砍头，我削你头发，也算是报了先父的仇了。你走吧。"

大当家的听完，愣了半晌，一抱拳，说："香莲姑娘，大仁大义，我饿虎岗的兄弟领教了，今后凡是大战坡的，只要报一声香莲姑娘的名号，我饿虎岗的兄弟必定不会为难。香莲姑娘，我手重了。"

说完，左手拿过旁边土匪的一把刀，用力地朝右手砍去，只

橘神传说

见砍掉了三根手指，在地上跳动不止，手上的鲜血直流将出来。

郑香莲想阻拦已来不及，加上身负重伤，无力起身，说："大当家的，这是何苦。"

大当家的把刀一丢，说："香莲姑娘，保重！"说完，一挥手，带领饿虎岗的一众山匪回去了。

待土匪走后，郑香莲又对郑大同说："赶紧收拾一下，叫大伙儿都散了吧，土匪应该是不会再来犯了。"

郑大同哭着说："香莲，你身受重伤，少说话。这里的我来安排。"

大夫来后，察看了伤势，由于伤口太深，抽出刀后，血流过多。郑香莲脸上一片惨白，晕了过去。

大夫忙用金创药抹在伤口处，但血流不止，足足用了三瓶金创药才止住了血，但仍有血浸出。包扎完伤势后，郑大同着人抬回了郑府。

吴刚拉过大夫，小心地询问伤势。

大夫摇摇头："伤口太深，血不易止住。就看今晚，如果血止住了，能够保住性命。如果还是止不住血，只有准备后事了。"

吴刚长叹一声，谢过大夫，忙赶回家。他怕干妈看到香莲这样，出什么岔子。

郑张氏没到祠堂里去，因为郑广才过世，灵位才设在家里，没到祠堂里去。她要在家里陪着郑广。

突然只见郑大同他们抬着郑香莲回来了，香莲身负重伤，奄奄一息。郑张氏慌了神，郑大同简单地讲了事情发生的经过。郑张氏叹了一口气，自言自语地说道："我就知道，你要当这个族长，是为了什么。现在闹到这样，你肯定也想到了。但你这样，把我害苦了。"说完，又哭了起来。

有了大夫的嘱咐，当晚，吴刚、郑大同他们都在郑家陪着香莲，希望她能平安度过晚上。

由于伤势太重，虽然当时止住了血，但血仍然时不时地浸出来。并且郑香莲发起高烧来，额头烫得很。吴刚他们只好用毛巾时不时为香莲擦额头降温。

郑张氏哭累了，想到自己本来和睦幸福的家庭突然一下子遭了大难，丈夫遇难，女儿生死未卜。想到这，她来到观音菩萨的神像前，点燃三支香，为观音奉香，边行礼边祈祷："大慈大悲救苦救难观世音菩萨，一定要救救香莲，她为保族人性命，甘愿牺牲自己，救菩萨救救香莲。"

奉过香，郑张氏坐在椅子上，想着要是郑广在，该多好。想着想着，恍恍惚惚地，她来到了后院，这是一家人平时玩耍的地方。想当年，她和郑广两人，在这里，看着香莲唱曲跳舞、背诵诗文，该是多么的快乐啊。郑张氏看了四周，景色如旧，但人却不全了，便无语地坐在石凳上。突然，四周亮了起来，明明是黑夜，这里却亮得出奇。郑张氏一惊，不由得站了起来。只见一会儿烟雾缭绕，一个人坐在莲台上徐徐而降。郑张氏定睛一看，不是别人，正是救苦救难的观音菩萨。郑张氏知道是观音下凡来了，急忙跪拜在地，磕头不止，嘴里喊着："救苦救难观音菩萨，救救我香莲。"

观音菩萨用手一抬，郑张氏便不由自主立起身来。观音菩萨说："十八年前我说过，你们夫妇命中无子。感念你们行善积德，感动上天，故赐一女。但此女下凡，必定更改了你们的命数，所以郑广早亡，这都是因缘巧合。香莲乃仙女下凡，自要受一番磨难，方能修成正果。"

观音菩萨一番解说，解了郑张氏的疑惑。她原来一直认为，自己夫妇一直慈悲为怀，行善助人，还天天拜神礼佛，为什么郑广这么短寿呢？现在观音菩萨解说了，郑张氏心里想通了，但她仍担心女儿，便向观音菩萨求道："求求观音菩萨，救救香莲，她现在一只脚踏在鬼门关了。"

观音菩萨笑着说："我早知道她有此劫数，我把药早就给你了。"

郑张氏一头雾头："药，观音菩萨给的什么药？"

观音菩萨说："你吃完的那个果子，果皮你还留着吧。"

观音菩萨一说，郑张氏恍然大悟："在，在，观音菩萨赐给的东西，我一直放在箱底呢。"

观音菩萨说："那个果子是仙物，果皮也可救人性命。你把一半给香莲吃了，可救她性命。另一半你留着，自有用途。"说完，莲台徐徐升起，观音菩萨随烟雾升天去了。

郑张氏跪伏在地，待观音菩萨离去后，方才起身。急忙来到里屋，从箱底翻出一个首饰盒，打开盒子，里面的果皮仿佛当初模样，金黄灿烂，栩栩如生。

当初观音菩萨赐仙果给郑张氏，她食而受孕，生养香莲。余下果皮，她视如仙物，待之如珍宝，不敢随意丢弃。她知道香莲因仙果而生，果皮如同包裹香莲的护法一样，可能是香莲的护生法宝。没想到今天果真派上了用场。

郑张氏依观音菩萨所言，小心翼翼地将果皮一分为二，一半准备给香莲服用，一半继续放在盒内以备后用。

郑香莲现在不仅发烧，并且还说出胡话来了。一会儿喊："爹，你在哪儿？"，一会儿喊"秋山哥，等等我"。旁边陪护的吴刚、郑大同他们都急得没有办法，只有不停地用毛巾擦脸。

郑张氏来到香莲身边，把那半块果皮小心地撕成小块，扳开香莲的嘴巴，一小块一小块地把果皮喂进嘴里。说也奇怪，本来香莲发烧嘴巴干燥，先还在不停地喊着要喝水，可这果皮一入口，便觉满嘴生津，香甜异常。果皮入口即化，不一会儿便咽了下去。

吴刚惊奇地问："干妈，这是什么药物，有这么神奇？"

郑张氏也不瞒他，便说："这是观音菩萨赐的仙物，是香莲的护生宝物。刚才观音菩萨下凡，说这宝物能救香莲的性命呢。"

郑张氏虔诚向佛，天天朝拜观音菩萨的事众人皆知，吴刚他们只以为是郑张氏近来受打击过多，头昏眼花说胡话的，哪里见过真的观音菩萨下凡，所以他们也不在意。

谁知，郑香莲咽下果皮不一会儿，便睁开了眼睛，血也不再浸出了。看到香莲醒来，大家欣喜异常。

郑香莲望了望大家，问："我这是在哪儿？"

郑张氏握着香莲的手，高兴地说："香莲，我是妈。你现在在家里，没有事了。你受了伤，不要紧，休息几天就没事了。"

郑香莲还记挂着族人，问吴刚他们："土匪们都走了吗？族人们都没事吧？"

吴刚含着泪，点着头，说："香莲，没事了。土匪们都走了，再也不会来了。族人们都回家了，安全得很。"

郑香莲说："那就好，那就好。"

郑张氏问："你现在觉得好不好？想不想吃什么、喝什么？"

郑香莲说："我还好，就是感觉累得很。"

吴刚接着说："你受了这么大的伤，肯定要休息一段时间的。大夫给你用了药，你妈也喂你吃了宝物，你应该没事的。好好休息，就好了。"

郑香莲说："谢谢你们了，你们也累着了，去休息吧。"

郑大同他们说："不要紧，你为我们族人受了这么大的苦，我们一定要守着你。"

郑香莲说："你们还是休息吧，再说你们在这里，我也睡不好。"

见香莲这么说，吴刚、郑大同他们也觉得有道理。便告辞郑张氏，各自回去了。

到底是观音菩萨赐的仙物，不到三天，郑香莲便能起身了，身上的伤口神奇般的愈合了，别说不再浸血了，就连伤疤都没留下。郑张氏看得神奇，越发感悟到观音菩萨的神奇，连忙到观音菩萨的神像前，奉香朝拜，直念着："感谢大慈大悲救苦救难观世音菩萨，我们一定谨听观音菩萨教诲，行善济德，慈悲为怀，教化世人，造福大众。"

第二十一章

郑香莲伤好之后，便找到郑长益等族内长辈，想不再担任族长，让族内另选贤能，团结带领族人。

郑长益说："香莲，你虽然是女儿身，但你上次退匪的义举，男子汉都自愧不如。你当族长没人说二话。我们全族都受你的大恩大德，我们绝不干过河拆桥、上岸抽跳的事。"

郑香莲诚恳说道："郑家在这里也有上百年了，我听我爹也说过，自古以来我们郑家就是男人当族长，没有女儿当族长的规矩。这样传出去让别人笑话呢。"

郑长益说："不说别的，单说退匪的事，谁也没当你是女儿身。饿虎岗的大当家的也认你。香莲，我们大伙儿都服你。"

郑香莲说："益爷爷，上次是因为大敌当前，事发紧急。我才决定当这个族长，我上次也说好了的，把土匪一击退便不这个族长了。我年轻，经验不足，我不配当这个族长，还请益爷爷你们这些长辈，为族人做主，另选贤能。"

郑长益叹了一口气，说："既然你这样推辞，这事我也做不了主。好，那就今晚召开族人大会。由全族来定夺。"

全族大会在郑家祠堂举行。族内凡十六岁以上男丁齐聚祠堂，黑压压的有一百余口。

待敬奉过列祖列宗后，郑长益先说明了开会的事项，主要是郑香莲请辞族长，另选族长。

郑长益的话还未说完，底下便议论纷纷。大家都看着前些天才带领全族击退土匪的郑香莲，不知她为什么不当族长了。

郑大同问："香莲，你为什么不当族长了，是有人说闲话了还是怎么了，你前些天为全族受苦受难，差点连命都没了，为什么伤一好就有人说闲话？"

郑香莲笑着说："同叔，没有人说闲话。是我自己不当了。我一个女儿身，当族长不合适。再说我当初也说好了的，把土匪击退后就不当了的，这也是兑现当初的诺言。"

郑道本不同意，他大声说："香莲，当初你怎么当族长的，别人不知道，我还不知道吗？当时大敌当前，没人愿意领这个头，都怕死，只有你愿意出头，为全族甘愿受苦，这么大的难关都过去了，为什么现在又不当族长了？如果说有人逼你不干，你说出来是哪个？我第一个不答应。"

郑香莲急忙阻止他："本叔，绝对没有人逼我不当族长，是我自己不想当了。与大伙无关。"

郑大同说："那我不懂了，那么大的事你带领我们都过来了，现在为什么不当了。我相信你一定能当得好。我们大家都服你。大伙，对不对？"

底下一群赞同声。

郑香莲急忙说："同叔，比我行的人多的是。我当初只不过出了个头，每个人都当得好的。我一个女儿身，当族长本身就不合适。再说本族自古以来没有女人当族长的规矩。"

郑大同说："每个人都当得好？为什么当时没有一个人愿意出头。香莲，这个族长只有你才当得好，你当族长绝对没人说二话。再说，没有女人当族长的规矩，这规矩不也是人定的么？有人定规矩自然也要有人改规矩？我提议从现在起就改规矩，女人一样可以当族长，大伙说好不好？"

郑氏的老少百多口都齐声欢呼"好、好"。

郑长益对香莲说："香莲，你看这样，大伙都服你，现在再选族长，也选不出别人了。你不当，就没人当了。"

这时，另一个长辈郑长平也接话说："香莲，难道你看着我们郑族群龙无首，没个领头人，那我们郑族就慢慢要衰败了。那我们怎么对得起列祖列宗，你也对不起你死去的爹呀。"

一提起爹，郑香莲的眼泪就下来了。原来跟着爹经常处理族内事务，她从没想过要当族长。当时爹在她心目中是天，为她遮风挡雨。爹也是郑族的主心骨，大小事务，任何纠纷，只要有爹在，一切问题都迎刃而解。如果没有了族长，郑族该什么样子，她不知道。但长辈的一席话，使她如雷贯耳，她不当族长，郑族就此衰败了，对得起过世的爹吗？

这时，郑长益大声对族人说："大伙，你们同意郑香莲继续当族长吗？"

"愿意，愿意"。此起彼伏的声音，显出族人对郑香莲的信任。

看到族人如此齐心，郑长益对郑香莲说："香莲，大伙都信任你，都选你族长，你就接下这个担子吧。只有你，才能团结带领族人。"

郑香莲犹豫着，她怕坏了规矩，怕别族的人说闲话，但她更怕郑族就此衰败。

见郑香莲没有答应。郑长益又说："香莲，难道要我们全族的人下跪，请你当族长吗？"说完，作势就要下跪。

郑香莲还沉浸在父亲的教导之中，看郑长益要下跪才猛然醒悟过来，忙拉住郑长益，说："益爷爷，我答应，我当这个族长。"

见郑香莲答应了，郑长益忙说："好，我替全族人谢谢你。谢谢你。"

底下众族人传来欢呼声。

郑香莲面对族人，道："谢谢大家，我一定不辜负大家的信任，当好这个族长，团结带领全体族民，把本族发扬光大。"

一众族人纷纷点头赞许。

郑香莲继续说："本族在大战坡延续百年，靠的是敬畏宗灵、信守族规和顺从族意，方能宗支绵长、人丁兴旺。我们一定要继承先祖遗志，发扬列宗遗愿，更加团结族人，信守族规，听从族意，发扬本族。"

郑香莲停了停，又说："现在世上不太平，本族固守大战坡这块宝地，可以说是风调雨顺、丰衣足食。但族内也有贫困饥寒之族民，我们应该爱护、团结他们，让他们感受到宗族的温暖。"

她望了望族民，说："先父曾经说过，要建立宗族公地，让族内贫困之族人免费耕作公地，或者用公地收益作为宗教之公用，平时慰问饥困，作宗族祭祀之用，乱时用作公粮，大家意下如何？"

此提议一出，族人议论纷纷，生活贫困的族人面带喜色，几个大户也相互议论。这时，郑长益说："族长，这个提议很好。我原来也听郑广族长说过，但田地自古由祖宗遗留，谁也不肯轻易让出呀。"

郑香莲知道此事有难度，但她原来就有此想法，便开口说道："先父曾有此想法，但还未施行便仙逝。我继承先父之遗志，先捐出田亩一百亩，用作公地。"

她的话一出，族人一片惊讶，要知道祖宗买一块多么艰难，都只有往自家买地的，除非万不得已，或者遇灾遇害，谁也不想卖地。卖地可是丢祖宗的脸。可郑香莲这一次就白白捐出一百亩地作为公地，可是开天辟地，闻所未闻啊。

郑长益问她："族长，这玩笑可开不得。你先祖攒下这一百亩地不容易，你不要轻易开这个口。"

郑香莲淡淡一笑："益爷爷，我是族长，说话自然算话。我捐出这一百亩地，也是先父的遗志，我只不过施行罢了。这样，这一百亩地捐作公地。先父经常说，钱财用身外之物，生不带来，死不带去。先祖为我们攒下这些田地，也不是指望我们守着这些地过日子的。我们全族是一个整体，我们家好过，别的族人生活困苦我们也不好过。只有全体族人生活都好了，才是真的好。我今日把它捐出来，就是要让全族的人生活都好过一点。"

"好，好"，族人听了郑香莲的话，纷纷叫好，大家都为她的奉献精神感动不已。

橘神传说

99

接下来，郑香莲又详细说明了这百亩公地的用途。五十亩拿来给族内无田地族民像郑道金、郑长青、郑道法等人耕作，按照家庭人口划分亩数。剩余的五十亩用作宗教祭祀所用，由族内善于经营的族民负责赋佃，赋金用于族内救济、祭祀等开支。

郑长青等族人听说自己分了田地，高兴地下跪，流着眼泪说："没想到，自己当了一辈子佃户，竟然还有种自己田的时候。"

拿出田地划为公地，只是郑香莲为族民谋利益的第一步。

时下诸侯割据，兵荒马乱，到处烧杀抢夺，不是今天这里攻陷城池，就是明天那里改旗易帜。大战坡虽举世无争，但交通便利，四通八达，历来为兵家必争之地。所以一发生战事，大战坡便陷入其中，族民经常躲避战祸而四处谋生，甚至有时一个流寇都能让村里鸡飞狗跳，民不聊生。

郑香莲看在眼里，急在心里，她找来郑长益等长辈商议，在族内组建了防卫军，由族内青壮年组成，担负巡逻放哨、驱赶外敌、平息战乱之职责，日常开销用度由公地赋赁支出，不够的部分由城里的绸缎庄贴补。

有了防卫军的存在，族民生活日益安宁，再也不会为吃饭、睡觉时担心受怕了。

虽然人心稳了，但天公不作美，半年多来没有降一丝雨水。到处都在闹旱灾，有些存粮不多的人家已经准备出去乞讨了。

郑长益等长辈来和郑香莲商议，大家愁眉苦脸，也想不出什么好办法。郑香莲想了想，说："既然这是天灾，就需要我们来共同面对。我们郑族在大战坡繁衍百年，大家都是团结一致，共同生活，抵御外侮，如果任由战乱把我们分开，大家都支离分散，那我们郑族将从此衰落。"

郑长益说："是啊，大家都舍不得离开故土，我们的祖宗在这里，我们的爹娘在这里，我们的亲人在这里。但现在形势所迫，不离开就没有饭吃，就要饿死，大家也是没有办法。"

郑长平老人说："族长，土匪来了你带领我们共同抗匪，现在这又是一个难关，事关本族兴旺，请族长为族民做主。"

郑香莲说："我们族内的几个大户，由我带头，能否借粮给他们呢？让他们不出外乞讨。"

郑长益老人说："那些出门乞讨的人，都是借了多少次粮的人，一则我们没有多少余粮可借，二则他们也不愿再借，再借也是要还的，他们背负这么多债务，可能几年都还不清。所以有的人还是愿意外出乞讨，有吃的就吃，没有吃的就饿，也是没有办法呀。"

郑香莲沉思了一会儿："既然他们不愿意借粮，那我们想个办法，让他们来我们家里吃饭，好不好。这样他们不用背负借粮的名义，也不用操心还粮。"

郑长平老人说："这样当然是最好，能够让本族的人都坚守在祖地，是最好不过的了。"

郑香莲说："我经常和爹娘到寺庙里去，他们逢年过节施粥施斋给信徒，让信徒承受佛祖的恩典。我也效仿这种做法，在家里开一个广济社，每天向族民供应米饭，请大家都到我家里来吃饭。好不好。"

郑长平问："为什么要请大家去吃饭，直接施粥不是一样吗？"

郑香莲说："虽然都是一样的吃饭，但绝对不一样。他们都是我们的族人，都是我们的兄弟姐妹。我们当然要请他们来家里吃饭。如果施粥的话，那跟他们到外面乞讨有什么分别？我们请他们来家里吃饭，就是要让他们感觉到自己在做客一样，甚至在自己家里一样，他们才会吃得自在。如果是施粥的话，他们也许就不会来了。"

郑长益说："这样最好，但族长您天天请别人来家里吃饭，我怕别人说闲话呀。"

郑香莲想了想说："这个，我自有办法，到时候肯定会来的。"

郑长益又问："现在家里没有余粮的人太多了，我怕吃不了几天，族长家里的余粮也供应不足啊。到时候族民也只有外出乞讨。"

郑香莲说："不要紧，我家里还有些余粮，我让绸缎铺在城里多买些米面来，应该可以挨过这个旱季的。"

郑长益说："我们离清江近，我们把防卫队组织起来，挖渠引水，把清江水引到我们的田里，这样尽量减少一些损失。"

郑香莲说："好，就这样办。我们分头行动。我组织些妇女在我家里做饭，请大家来家里吃饭。益爷爷组织防卫队去准备挖渠引水。"

当郑香莲把她的想法跟母亲郑张氏说了以后，郑张氏起先不理解，认为捐土捐粮就可以了，哪有天天请人来家里吃饭的道理。郑香莲把她的道理又跟郑张氏讲了一遍，看着女儿诚恳的样子，加上观音菩萨说这个女儿是要造福大众的，郑张氏一心向佛，认为这一切都是佛祖的旨意，都是观音菩萨的教诲，所以也同意了。

怎样能够邀请族人天天来家里吃饭呢？郑香莲和郑张氏在家里商量了半天，终于想出了一个法子：就是借观音菩萨的旨意，说观音菩萨托梦，郑香莲命中有大劫，只有广播善缘，家中天天有客才能化解此劫。恳请各位族人看在同族的分上，前来家里做客，为香莲化解此难。

就这样，"广济社"在族长郑香莲家成立了。郑香莲和郑张氏专门去一些准备外出乞讨的族人家里，一是请他们来家里帮忙做饭，二是请他们天天来家里吃饭。当他们听说去族长家里做客吃饭，是为化解香莲的劫难的，大家都十分愿意去帮助这个甘为他们牺牲的族长姑娘。

一时间，香莲家里经常人来人往，像开流水席一样。一些准备外出乞讨的人也纷纷来香莲家里吃饭，为香莲化解劫难。即使在那样的饥荒年月，郑氏族人也没有外出逃荒的，大家都在郑香莲家里，一起分享食物。有时候虽然食物少些，但大家都共同克服，白米饭不够了，就加点红薯，煮成菜饭。有时还需要添加菜叶、加野菜，甚至加点水煮成粥。虽然食物有限，但大家都在一起，都充满着笑声。有了笑声，有了团结，土匪、饥荒，包括任何困难都不能拆散他们，郑族变得比以往任何时候更团结。

要供应这么多人，开销很大。郑香莲便带领族人到处寻找食物。有时候米没有了，郑香莲便去城里去。吴刚的绸缎铺虽然生意不好，但也还能够买点米供给。自从退匪事件后，吴刚对香莲刮目相看，他认为这一切都是命运安排，都是干爹郑广冥冥之中在指引，所以他对郑香莲的行动非常支持。有时需要去外地进货，还专门捎带些便宜的米面来。

另一方面，防卫队在郑长益等长辈的指引下，开渠引水，从清江河引水到农田来，缓解了旱情，不仅当年的收成有了保证，也为今后旱涝保收打下了基础。

就这样，在郑香莲的带领下，郑族团结一心，齐心抗旱，共同渡过了难关。郑族的族人没有一家外出逃荒，没有一个人饿死。

慢慢地，大家也知道了郑香莲的良苦用心，大家更加感激族长。因为她善意的谎言，为前来吃饭的族人保住了尊严，因为她善意的谎言，全族人更加团结，更加齐心。

有一天，几位负责做饭的大娘聚在一起洗菜，这是香莲带领大家从山上挖的野菜，需要一根根洗干净。大家一边劳动，一边说笑，有人夸香莲真能干，有人说香莲是个好当家人。

这时，香莲来了，她是来帮忙洗菜的。孙大娘开玩笑地说："香莲，你这么能干，啥时候给自己找个婆家呀。"她一说笑，大家都反应过来了，香莲族长一直为大家操心，为族人忙碌，大家从来没有为她考虑过这件事，好像她是神仙不食人间烟火一样。香莲姑娘虽然是族长，但也是女儿家，今年快二十岁了，该找个婆家了。

孙大娘一开口，大家你一言我一语地说开了，有人说：香莲这么能干，没有男人能配得上她。有人说：要是香莲找了婆家，出嫁了，到时候我们郑家没有了族长怎么办？

一说起这事，像是针尖刺穿了香莲的心一样。原来深埋在内心深处的感情一下子又涌了出来。香莲一直把这段感情埋得很深，整天用为族人的忙碌和向佛的虔诚来麻醉自己，让自己忘记。可现在大娘们的好意，一下子把这段感情又活生生地剥离了出来，让香莲又看到了自己的脆弱和无助。这段时间，香莲是多么希望有个人来帮助她呀，累了有个肩膀可以靠一靠，无助时有个人可以出出主意，委屈时可以放心地哭一场。可那心上的人儿啊，怎么狠上我就走了呢？

郑香莲一下子崩溃了，她丢下菜，哭着走回房里去了。

正在洗菜的大娘们面面相觑，不知道自己说错了什么？还是赵大娘明白香莲的心意，她叹了一口气说："香莲族长是放不下秋山，可秋山过世了几年了，香莲应该看开了呀。"

香莲族长和赵秋山的感情，族里人都清楚，也知道赵秋山是为了给郑广报仇，也等于是给郑香莲报仇而死的。大家都知道他们是重情重义的人，但大伙不清楚，郑香莲这么重感情，这事已经过去几年了，郑香莲还是放不下。

大伙叹了一口气，都默默地洗菜。

赵大娘怕香莲有什么事，忙赶进屋来安慰她。

郑香莲伏在床上哭着，肩膀一起一伏地。赵大娘心疼地拍拍她的后背，轻声说"哭出来吧，哭出来就好了。"想起年轻过世的儿子，她也抹起了眼泪。

郑香莲哭了一会儿，她看到赵大娘也在哭。她明白自己现在不是寻常的女儿家了，是族长，是主心骨。大伙对自己是好意，如果自己再这么哭，会让大伙失望的。便止住了哭，安慰起赵大娘来："赵大娘，您别哭了，秋山哥永远是我的秋山哥，他虽然过世了，但我养你们的老。"

赵大娘擦干眼泪："香莲，我不是为我养老的事哭的。我是可怜你呀。秋山已经过世了，人死如灯灭，就不要管他了。我们活着的人要好好活。你还年轻，还是要找户好人家。"

郑香莲说："赵大娘，我从当上族长那天起，就在观音菩萨面前发了誓：这辈子信佛拜神，终身不嫁，我要终身伺奉观音。"

赵大娘劝道："香莲，这使不得。我知道你信佛拜观音，但你是女儿家，始终是要嫁人的。"

郑香莲说："我发过誓终身不嫁，我不会违背誓言的。"

赵大娘还想劝说，但郑香莲"霍"的起身，从床头拿起一把剪刀，直走到厅前摆放的观音菩萨像，跪拜在像前。

见族长在参拜观音，屋里的人都住了手，围了过来。

郑香莲跪拜在地，拜了三拜，口中说道："大慈大悲救苦救难观世音菩萨，弟子郑香莲立下重誓：终身不嫁，伺奉观音娘娘。如有违此誓，犹如此发。"说完，用剪刀剪断了一整长发，郑重放在观音菩萨像前。

大伙见郑香莲立下如此重誓，都感慨不已，都为郑香莲和赵秋山的感情而感动。

正在这时，突然屋外闯进一人，原来是防卫队的郑道本，他一进来，一把抓住郑香莲说："族长，不好了，土匪又来了。"

郑香莲一听是土匪来了，急忙从沉浸的情绪中醒悟过来：她是族长，土匪又来了，需要她稳定民心，需要她率队抗匪。一听说土匪来了，在屋里的人们都紧张了起来。

郑香莲忙对郑道本说："本叔，慢慢说，哪儿的土匪来了，有多少人。"

郑道本喘了一口气，接着说："是上次饿虎岗的大当家的来了，一共来了上十个人。还没进村，就被我们防卫队拦住了，他们也没准备攻村，说是来投靠族长的。我是来报信的。"

听说只有上十个土匪，刚才还在紧张的大伙们都松了一口气。如今在郑香莲的安排下，族人更加团结，防卫队日夜巡逻，装备精良，对付这上十个土匪不是问题。

郑香莲听说是这样情况，对大伙说："大娘们，该洗菜的洗菜，该做饭的做饭。土匪只上十个人，不要紧。我去会会他。"说完，和郑道本直奔向村口。

第二十二章

一到村口，果然是饿虎岗的大当家的。大当家的带着十个土匪，没有拿刀拿枪，一个个风尘仆仆的，被防卫队拦在了路口。防卫队员有的拿着长枪，有的拿着短刀，都对着土匪，以防土匪攻村。

一见郑香莲来了，大当家的哈哈一笑，一抱拳，说道："香莲族长，多日不到，近年可好？"

郑香莲也抱拳，回答："大当家的是稀客，怎么今天又到大战坡来了。"

大当家的把手放下，露出当年自己确下的断手，尚有两根手指头，指头防卫队的刀枪，笑着说："香莲族长，你既然当我是稀客，这样不是待客之道吧。"

郑香莲见对方没有来意，自己人手占优势，便把手一挥，防卫队员便收了刀枪。郑香莲说："大当家的，莫见外。如今兵荒马乱的，还是防备点好。"

大当家的说："好，果然治族有方。我走了这么多地方，到处都荒芜废弃，只有大战坡这里，还一片生机，秩序井然，我果然没有看错眼。"

郑香莲说："大当家的过奖了，不知来到大战坡所为何事？"

大当家的哈哈一笑说："香莲族长治理有方，我来投靠你来了。"

郑香莲笑道："大当家的说玩笑话了，饿虎岗上风流快活，自由自在，还用得着来大战坡辛勤劳作吗？大当家的有什么话，不防明说。我是明人不说暗话。"

大当家的黯然道："香莲族长，实不相瞒，我确实是带着弟兄们来投靠你来了。"

郑香莲说:"到底是怎么回事,大当家的能否说个明白。"

大当家的叹了一口气,说话:"香莲族长有所不知,我们饿虎岗原来有三十多个弟兄,靠着地形险峻,是交通要塞,虽不说大富大贵,倒也吃喝不愁。但近年来,诸侯争权夺利,官府老爷换得太快,来一次新老爷就要灭匪一次,他们好向上头邀功。这下可苦了弟兄们,他们上一次山,我们便要折损几个弟兄,伤些元气。这些年,大大小小的灭匪有上十次,饿虎岗原来三十多个弟兄只剩下十多个了。我一看这不是回事,便带领弟兄们下山准备另找山头,可一下山,弟兄们跑的跑,死的死,就剩这十个兄弟们。我实在无法,到处都是官兵打仗,哪有我们土匪容身之地,所以只好来投靠香莲族长了。恳请香莲族长收留。"说完,便跪拜在地。大当家的一跪,那十个土匪也齐刷刷地跪了下来。

郑香莲略一思忖,道:"大当家的,请起,不必下跪,香莲经受不起。大当家的是个明白人,放下屠刀,立地成佛。可我大战坡庙小容不下大当家的这个大和尚,还是请大当家的另寻他处吧。"

见郑香莲拒绝了,大当家的起身,道:"好,我知道香莲族长的难处,我也不怪你。好话不说二遍。我当大当家的二十多年,没对人说过软话。今天诚心前来投靠香莲族长,既然香莲族长不收留,我们也别无去处。弟兄们,别怕我先行一步了。"说完,从袖口抽出一把短剑,便要朝胸口刺去。

郑香莲见如此变故,急忙上前,拦住大当家的短剑,叫道:"有话好说,大当家的,快把剑放下。"

大当家的仍不放手,直叫道:"香莲族长,我实在是无路可去,现在这些弟兄们跟着我,我保不住他们,只有先行一步,他们自谋出路。"说完,短剑又要刺下去。

郑香莲说:"大当家的,你要理解我的难处。收留你们可以,但我也要经得族人们同意。"

听郑香莲如此一说,大当家的便住了手,收回了短剑。说道:

橘神传说

"香莲族长，我理解你的难处，我们愿意追随香莲族长，耕田放牛都行，只要有个落脚处，有碗饭吃，做什么都可以，还请香莲族长跟族人们好好说说。"

郑香莲说："这样，大当家的，你们今天先在村外委屈一夜，今晚我们召开族人大会讨论这事，族人们都同意了，你们可以留在大战坡，如果族人们不同意，我也没办法，还请大当家的另找出路。"

大当家的说："好，还望香莲族长成全。"

郑香莲说："既然来了，你们今天在村外歇息一晚，我着人送些饭菜来，将就吃些。不过，要把你们带来的刀枪放在祠堂里，由我们保管。"

大当家的说："那是，那是，还是香莲族长想的周全。"

郑香莲说："大当家的，可要受些委屈了。"

大当家的笑道："香莲族长，莫笑话我了。再也不要喊我大当家的了，我受用不起。我姓王，单名成字。我比族长年长，你不嫌弃，喊我一声王大哥，我就知足了。"

郑香莲笑道："好，王大哥，明早见。还请把弟兄们招呼些。"

王成一笑："那是，那是。"

全族大会第一次反对了郑香莲族长的提议。郑长益老人带头说："不行，不能收留饿虎岗的土匪。他们都是杀人不眨眼的强盗呀。香莲族长，你难道忘了，你爹和赵秋山是怎么死的，你不能好了伤疤忘了疼啊。"

郑长平接着说："对，不能收留土匪。我们郑家上百年，不跟土匪打交道。历来只有打土匪的，哪有收留土匪的。我们大战坡不成了土匪窝了。"

孙大娘也哭诉："香莲族长，你什么事我都支持，可这事我反对。想当年，土匪绑我上山，虽说没打我，但那一个个凶神恶煞的，活像个阎王。收留了他们，今后和活阎王在一起，一想起我就害怕。"

郑大同也好言相劝："现在到处兵荒马乱、缺吃少喝的，我们族内虽说有吃的，但也不富余，我们都还天天吃野菜呢。这凭空一下子多出上十口来，哪里找这么多吃的来？"

郑香莲知道大家说的都是好意，也是实情。但一想起王大哥那些人无助的脸色，想到观音菩萨经常说的要救人于危难，她想说服族人们，收留王大哥他们。

郑香莲对族人们说道："大家静一静，大家静一静。"听见族长在讲话，大家都安静了下来。

郑香莲继续说："大家的心意我都知道。我原来也不想收留他们。因为他们是我的杀父仇人，还杀了我的秋山哥。但佛祖经常教导我们，放下屠刀，立地成佛。他们现在不想当土匪了，想当农民了，我们为什么不能收留他们呢？再说，救人一命胜造七级浮屠，我们不收留他们，他们将无路可去，我们收留他们是救命，是积功德啊。"

这时，底下有些族人开始慢慢说："是啊，救命是大功德。"

郑香莲继续说："要说对他们的仇恨，谁也没有我的深。但我看到他们现在这样，我也想通了，这都是因果报应。我也就原谅他们了。他们现在想当农民，我们应该给他们机会。俗话说，朋友万个不愁多，敌人一个在不着。我们不收留他们，他们没有去处，便把我们当成最大的仇人，到时候这些亡命之徒拼起命来，我们虽然不怕他们，但万一有个死伤，对谁都不好。我们何不放他们一条生路呢？"

这时，底下议论声多了起来，明显赞成收留的声音多了些。

突然，有人高声问："收留了他们，我们都没有饭吃了，怎么办？"

郑香莲说："这好办。他们愿意当农民。我在江边有座荒山，没人耕种，让他们自己开荒造田，引清江水种田。这段时间由我来供他们饭吃，就让他们住在祠堂里。"

这一下，下面反对的基本上没有声音了。

郑香莲继续说："最近这段时间，对他们还是要加强防范。我先安排了，要收缴他们的刀枪，防卫队要辛苦些，对他们睁紧一点，有什么事情随时向我报告。"

由于郑香莲的不懈努力，全族终于同意收留饿虎岗的土匪。王大哥带领手下，开荒造田，开渠引水。这些土匪在上山前多是庄户人家出身，这些农活熟得很，干起来顺心应手的。他们也十分感激郑族能够接纳他们，更感谢郑香莲族长的宽容大度。在忙完农田里的活后，便积极帮族里干活，挖渠、开荒、砍柴、担水，样样都干，很快，就融入了大战坡的大家庭，成为了郑族的一份子。

第二十三章

秋后的一天，郑香莲正在观音菩萨神像前祈福。现在虽然外面兵荒马乱的，但大战破族人团结一心，共同抵抗天灾，倒也祥和平安。马上田里的稻谷到了收获季节，经过族人共同抗旱，应该能够有所收成，比起风调雨顺的年月收成是少些，但还是够吃了。再加上王成大哥他们善于从清江河里捉鱼，拿到集市上去卖，也能够购买一些粮食来。这样全族的人基本上够吃了。由于王成大哥他们捕鱼收入，不仅能够购买粮食，也经常购买必需的食盐、种子，还为族人购买一些姑娘大娘需要的针线、胭脂，还有小孩们喜欢的玩具等，深受族人的喜欢。现在王大哥他们已经和族人打成了一片，和族人们的隔阂消除了，再也没有当他们是外人了。他们也自觉地当成郑家的一份子，有的加入了防备队，有的带头为族内公地干活。

现在，郑香莲每天在观音菩萨前祈福，只求观音保佑天下太平，全族健康平安。

这时，郑长益、郑长平、郑长顺等几位村里的长辈来了。现在村里秩序井然，他们每天也乐于在族长家里来坐坐，聊聊闲话，出出主意。

郑香莲为他们奉香后，询问了稻田的长势，再安排了收割的日期，并对收割的人员作了安排。

郑长益老人高兴地说："多亏了香莲族长领导有方，现在不仅全族没有一人外出谋生，而且沟渠引水好，稻田再也不受干旱了，今年收成虽然比不上往年，但也勉强够吃了。"

郑长平老人也说："还是王成他们捕鱼好些，每天都有鱼捕，吃都吃不完，还拿到集市上去卖，这是一笔不少的收入，为我们购买了很多东西。"

郑长顺老人接着说："现在知道他们的好了，当时族长要收留他们，你还硬不同意呢。"

郑长益回应道："我不同意，你当时不是也不同意吗。现在看来他们本性也不坏，也是没法了才上山。如果跟现在一样生活得好好的，谁愿意上山呀。"

郑长平说："也是，我看他们都不错，特别有个小伙子，叫什么聂志远的，爹娘死了没去处才上山的，人特别老实，干活也卖力。"

郑长顺笑道："你该不是想把孙女儿说给他吧？要不要我去说媒。"

郑长益说："谁要你多事，说媒要请媒婆的。你一个老头子，谁还找你说媒。"

郑长平笑道："谁说老头子不能说媒，天上的月老不也是老头子吗。"

郑香莲看着几位老人说话打趣，她喜欢这样的气氛。俗话说家有一老是一宝，郑族有这几位老人也是她的福分。她遇事拿不定主意时，多听听他们的意见，对她作出最后决定很有帮助。并且有些事，由几位老人出面说，比她出面说效果还好些。比如这次她将要说的减赋这件事。今年虽然挖渠引水，稻田不再干旱，但由于在水没引来时，田里干旱得厉害，所以还是减产，比起往年收成还是少些。她准备提议凡是族内的大户都减一半赋。如果她提出来，怕族内的大户有意见，本来大户都捐了田地出来作为族内公地，如果再提减赋，怕大户有意见。如果不减赋，又实在说不过去。所以她想请几位老人去做做大户的工作。

果然，她把减赋的提议一说，几位老人都议论开了。郑长益家里田地多些，原来每次都率先发言的他这次没有先开口，他想听听别人的想法。

郑长顺最积极，因为他赋的田地多些："减赋我肯定赞成，今年收成少要减赋，等沟渠修好了，稻田都旱涝保收了，再加赋都可以。"

郑长平老人无所谓："减赋可以减，但能否少减点。一下子减一半怕田亩多的大户不同意哦。"

郑长益老人知道了大家的想法，他开了口："香莲族长带领族人做了好事，今后我们的田地天干下雨都不愁了，这大战坡就更是一块宝地了。俗话说有得青山在，不愁无柴烧。我们这是有了聚宝盆，不愁没饭吃。这次减赋是好事，现在全族这么团结，虽然名义是为全族修的沟渠，但我知道受益最大的还是我们几个大户，我们再不减赋，说不过去。我赞成减赋。"

郑香莲知道郑长益田地最多，在大户中有很大的代表性。他同意了，别的大户肯定会同意的。她激动地说："益爷爷，谢谢你。"

郑长益摆摆手说："香莲族长，这不算什么。减一半赋，还是有吃的。再说就是没吃的，有你在，我们都不怕。"他话一说完，老人们都笑了起来。

郑长顺说道："还是香莲族长好，为我们穷人着想。想当年田地绝收要求减赋可以说是要了大户的命，可现在你看看，你一提议，大家都同意。这有多好。"

郑香莲说："还是几位老爷爷体谅佃户的辛苦。另外还要请你们去几个大户人家里去说说，让他们主动提出来，这件事就更好办了。"

郑长益说："这好办，我都减赋了，看他们哪个还不减。不同意减赋的话，我们几位老的天天在他家时吃喝去。"老人们又是哈哈一笑。

郑长顺老人笑着说："自古就有天灾减赋减息的做法，这是顺天理应人心。大户们减赋相当于给佃户饭吃，是大大的善事，是积了大德了，菩萨老爷都要保佑你们的。"

郑长益说："菩萨老爷保佑当然是好事，休养生息、细水长流的道理我们都是懂的。"

就这样，原来郑香莲预料要发生大冲突的减赋事件，在几句玩笑话中就这样定下来了。得知几个大户主要提出要求减赋，大战坡的佃户们都满心欢喜，他们的干劲更足了，以往那种大户和佃户之间潜在的矛盾也没有了，族人更加团结一心，更加和谐相处。

郑香莲生在清江边，长在清江边，特别喜欢清江河里的鱼。原来父亲郑广经常到河里捕鱼，后来也常跟着秋山哥经常到河里钓鱼，这些都成了她最美好的记忆。但现在这两个最亲近的人都远去了，也让郑香莲远离了清江。

自从王成大哥他们来后，郑香莲才经常到清江来。因为王成也是江边土生土长的，极其擅长捕捞鱼虾。所以在他带弟兄们在大战坡安顿下来后，每逢开荒造田、挖渠引水之余，便经常下河捕鱼。一来弥补粮食不足之需，二则解决嘴馋。清江里富裕的水产给了王成用武之地，每次鱼获都多，超乎王成的想像。

王成为报答郑香莲族长和大战坡的收留之恩，每有鱼获，便拿到村里，由大家分享。后来鱼越捕越多，在郑香莲提议下，王成把多余的鱼运到集市上去卖，用卖鱼的铜钱买米、买粮，买种子、买食盐，甚至为姑娘大娘们买针线、姻脂等。现在王成他们捕的鱼成了大战坡的一项重要收入来源。依靠它，大战坡顺利地渡过了天灾，即将迎来又一次收获季节。在这样兵荒马乱的年月，这是极其难得的。所以郑香莲经常来清江边，看王成他们捕鱼，一是鼓励王成他们，二是看他们有什么困难和问题，帮助他们解决。

这天下午，郑香莲在忙完族内的事务后，信步走到清江边。正赶上王成他们在捕鱼，几个人河里上游张着网，王成他们在下游准备收网，渔网越收越紧，不时有鱼儿在跳出来。王成看到郑香莲来了，高兴地喊到："香莲族长，快来看，今天我们捕了尾红鲤鱼。"

郑香莲走过去一看，果然岸边的鱼篓里躺着一条大大的鲤鱼，浑身通红，没有一点杂色，连鱼尾巴都是红红的。嘴巴一张一合的，两根胡须长约寸余。鱼儿看到了郑香莲，像是认得一样，头和尾巴一动一动的。

郑香莲看了红鲤鱼，想起当时自己和秋山哥钓鱼，自己掉进水里，多亏秋山哥搭救，自己才倾心于他。现在这条鱼儿，也像当年的自己一样，期望着人来救他。郑香莲心里一动，问王成："王大哥，这条红鲤鱼打算怎么办呢？"

王成说："这条红鲤鱼有人定下了，聂志远，就是那个老实的小伙子，看上了村里的郑小妹，准备拿这条鱼去孝敬他老爷爷，给老人家熬汤喝。"

郑香莲一看，捕鱼的人群中有个小伙子羞红了脸，低下了头。郑香莲知道这就是原来郑长顺老爷爷嘴里说的那个小伙子。她想了想，问："聂志远，这条红鲤鱼能不能让给我？"

聂志远大声说："香莲族长，你要就拿去吧，莫说一条红鲤鱼，当年要不您收留我们，我们命都没有了。"

郑香莲知道前几天吴刚听说干妈身体不好，特地从城里捎了阿胶来，便说："这样，待会我拿点补品来，你去送给郑小妹的爷爷去，比这个红鲤鱼好些。"

一听说郑小妹，众人都哄堂大笑起来，聂志远更不好意思了，低下了头。

郑香莲说："怎么样？喜欢人家就去说嘛。需不需要我去说说。"

聂志远说："不用，不用。我怕人家嫌我是土匪，不待见我。"

郑香莲说："现在哪是什么土匪，咱是规矩庄稼人，怕什么。明天我就去给郑长顺老爷爷说去。听说他也喜欢你呢。"

聂志远开心地笑了，问："是真的吗。那就太感谢族长了。"

王成问："香莲族长，你要这条红鲤鱼干什么？"

郑香莲没回答他。而是双手抱起红鲤鱼，来到江边，慢慢地放入江水中。红鲤鱼一下子游入了水中，欢畅地游走了。游了一会儿，又一个回旋，从远处游过来，头冒出水面，吐出一丝水花，象是在跟郑香莲打招呼，感谢她一样。

王成惊奇地看着这一幕，说："香莲族长，这可神了，这条红鲤鱼像认识你一样。你莫非是神仙下凡。"

郑香莲说："王大哥开玩笑了，我哪里什么神仙下凡，是这条红鲤鱼有灵气。我碰巧看到它了，说明我和它有缘，便把它放生了。"

王成说："红鲤鱼有灵气不假，我也觉得，香莲族长是神仙下凡，不然你一个小姑娘，管理这个大一个宗族，人们都服你。连我这个大当家的也服你，你真有本事。你不是一般的小姑娘。"

郑香莲说："我哪有什么本事，都是大家抬举我罢了。管理好氏族，也只是我一心为公，没有私心，团结族人，乐于分享，爱护族人罢了。"

王成说："就凭这几点就不简单，我原来也是大当家的，可要真正做到这几点，不容易。香莲族长，我服你。"

郑香莲笑了："王大哥，你再这样说话，我可恼了。"

王成说："别，别，我说的是真心话。我们大伙都服你。"

郑香莲说："算了，说点别的。王大哥，我找你商量点事。"

王成说："商量什么事，尽管说。"

郑香莲说："王大哥来大战坡有段日子了，看这里什么感觉？"

王成说："什么感觉？当然是家的感觉。你们不把我们当外人，我们也不把自己当客。在这里像回家一样。"

郑香莲说："那就好。那你觉得这个家有什么问题没有？"

王成说："问题？没有什么问题呀。这里到处欢声笑语，人人都和和气气的，都很好啊。"

郑香莲说："我不是说这个。我是问，你如果真把这当成家，你觉得这个家应该怎么管理，应该怎样发展呢？"

王成不知族长卖的什么药，便说："香莲族长，这个我真不知道。"

郑香莲说:"可能是我没讲清楚。王大哥,你是走南闯北跑江湖,见个大世面的人。我一生没出过大战坡,不知道别的地方怎么样。我只觉得,我们这里说是靠近江边,又开沟挖渠,能够旱涝保收。但大多时候还是望天吃饭,虫灾、狂风、冰雹,这些我们都没有办法。一遇到这样的天灾,我们连吃饭都有了问题。我们有想什么办法能让我们的族人不再担心吃饭呢?"

王成说:"香莲族长想的真远。这个问题我还真没考虑。"

郑香莲说:"我原来也没考虑。我是看你们捕鱼,能够拿去集市卖了买米买盐才想到。我想如果我们每天都有这么多鱼卖该有多好啊,那时我们就不愁吃饭了。"

王成说:"我原来也想过,每天多捕点鱼拿去卖。可清江河虽然是聚宝盆,但也不是取之不尽用之不竭的啊。说句丑话,我们捕得多了,捕得快了,鱼儿长也长不赢。"

郑香莲说:"原来我听说你们一天可捕百多尾鱼,再则只三四十尾,现在辛苦一天,也只十多尾,对不?"

王成说:"是啊,我们弟兄们也没偷懒,还是想多捕点鱼,可也没有办法,再勤快也捕不到多少。"

郑香莲说:"就连河里的鱼也少了,我们再不想点办法不行了。"

王成说:"不知香莲族长想到办法没有?"

郑香莲说:"暂时没想到。王大哥,你见识多些,外地有些什么好方法说来听听。"

王成想了想说:"我在山上的时间长些。原来在山上的时候,听说有人把山上野果子的籽埋在土里,跟种粮食一样,几年后也长出果树来,结出果子。"

郑香莲说:"这个方法好。我们这里田多得很,山上开荒也容易,你们开沟挖渠,也不怕天旱了,种果树肯定容易活。果子也肯定好卖,现在城里的老爷小姐们吃粮食吃腻了,有人专门买果子吃。卖了果子,可以买粮食买食盐,岂不是跟河里的鱼一样,果子年年结，那就年年可以卖钱了。"

王成说："这个方法好是好，但果树长得太慢，少则三五年，多则十来年，再则现在山上的果子，有人不爱吃。"

郑香莲说："那我们就要找到一种又长得快、人们又爱吃的果子来栽种，不就行了。"

王成说："话是这么说，但人人都这么想，这样的果子不是这么容易得到的。"

郑香莲说："只要我们齐心协力，没有办不到的事。王大哥，你走的地方多，到哪里去找这样的果子呢。"

王成说："香莲族长，我走了很多地方，也尝过很多果子。但要找到这样一种果子，很难啊。再说，即使你找到了，但在那个地方好吃，栽到你这里好不好吃呢，也难说。我们种田的都知道，相邻的两块田，种出的粮食还不一样呢，何况从远处弄来的种子，能在我们这里栽得活吗？栽活了长出的果子是一样的味道吗？"

郑香莲说："王大哥，这倒是个问题。但我不怕，路靠人走，事在人为，只要我们认准了这个理，一定能找到适合我们这里栽种的果树。"

王成说："香莲族长，我觉得你真是神仙下凡，你这种韧劲，神仙碰到都怕你。干脆你上天去把仙果弄下凡来种。"

郑香莲笑了："只要能上天，我一定把仙果弄下凡来。"

告别王大哥，郑香莲往家里赶去，要准备晚饭了。

边走她还在边想着王大哥想的方法，方法好倒是好，到哪里去找这样的果子呢？

边想边走，一不留神，差点撞上了背着一袋米的郑长平爷爷。

郑爷爷笑着问："香莲，在想什么呢？"

郑香莲回过神来，看是郑长平爷爷，忙说："平爷爷，这是到哪里去呀？"

郑长平说："我准备到青林寺的女儿家去，看看外孙。"

郑香莲看他背着一袋米，问："平爷爷，今天收成好不好？"

郑长平说:"春上旱了些时候,后来挖渠引水来了,就好了。现在减赋后,收成够吃了,还有点结余。"

郑香莲说:"够吃就好,这是给外孙送粮食去呀。"

郑长平说:"是呀。我们这里够吃,可他们那里就不够吃。我给他们送点去。"

郑香莲说:"他们那里干旱厉害吗?"

郑长平说:"旱情也不是很厉害,但缴纳的贡赋太重了,一点收成交了贡赋后就不够吃了。"

郑香莲说:"种田交贡赋按理说是天经地义。可现在收成不好,不知道贡赋能不能跟大户减赋一样也减一减呀?"

郑长平说:"原来君王体恤百姓,遇到天灾年景都会减赋的。可今年不知怎么搞的,不仅没有减,有的地方还加赋。"郑长平爷爷压低声音,低声说:"听说有的地方准备谋反呢。"

郑香莲说:"农民谋反,可不是闹着玩的。那君王知不知道?"

郑长平说:"君王知不知道我不晓得,但官府说了,谋反也不减赋。现在世道又不太平了。"

郑香莲说:"世道不太平,受苦的是老百姓。唉,不减赋老百姓没吃的,没吃的就想谋反,谋反后官兵一镇压,受苦的还是老百姓。那君王为什么不减赋呢?"

郑长平说:"君王是天子,他是怎么想的我们百姓怎么知道呢?"

郑香莲说:"我真想当面问问君王,看他知不知道百姓的苦处。"

郑长平说:"香莲族长,莫开玩笑了。你管好郑族就可以了,天下的事就不要掺和了。"

郑香莲说:"观音菩萨说要救苦救难,造福大众。郑族的族人是父母兄弟,天下的百姓也一样是父母兄弟。佛经上说,一切男子是我父,一切女人是我母。唉,如果观音菩萨晓得了现在的情形,一定会让君王减赋的。"

郑长平叹了口气说："观音菩萨是好神仙，她就是太忙了，天下的事这么多，她忙不过来呀。"说完，摇摇头走远了。

郑香莲回到家，见到母亲又在拜观音。也拿过三支香，朝拜起来，边拜边祈福。等她拜完，郑张氏笑她："香莲，又在求观音菩萨保佑全族平安。"

郑香莲说："今天我没求观音菩萨保佑全族平安，我是求观音菩萨保佑天下百姓不再受苦受难。"

郑张氏笑了说："你这求的也太大了，观音菩萨怎么忙得过来。"

郑香莲说："观音菩萨不是千手观音吗，肯定能保佑天下百姓的。"

郑张氏说："那倒也是，观音菩萨无所在在，无所不能，无所不保佑。只要诚心求观音，观音菩萨会显灵的。"

郑香莲问："妈，你天天拜观音，观音菩萨显灵过没没有？"

郑张氏说："当然显灵过。连你都是观音菩萨赐的呢。"郑张氏便把观音菩萨赐果得女、赐药救香莲讲了一遍。

郑香莲说："你原来说我是观音菩萨赐的，我还不信呢。看来观音菩萨真的很灵。那我为什么这么诚心地救观音菩萨救天下百姓，观音菩萨不显灵呢？"

郑张氏说："观音菩萨无时无刻不在挂念着天下百姓，观音菩萨不显灵，可能是时辰未到吧。什么事都要讲究因缘的。"

郑香莲说："那什么时候观音菩萨才能显灵呢。现在形势很紧急呀。"

正说着，吴刚从城里回来看望干妈和香莲。

郑香莲连忙向他打听起城里的情况。果然，和郑长平老爷爷讲的一样，城里乱得很，君王不仅没减百姓的田赋，还加了城里的苛捐，城里的生意也做不下去了，很多店铺都关了门。"照这样下去，天下非要大乱不可。"吴刚恨恨地说。

郑香莲问："那城里这么乱，县里的老爷坐得住吗？官府没有上报郡国吗？"

吴刚说："我听县衙的张老爷说，县衙已经快马送了三封加急文书给了州里，听说州里的太史也上奏给了郡国，可一直没有音信。既然没有音信，谁也不敢擅自做主减赋，所以赋一直没有减下来。"

郑香莲说："为什么不减赋，反而还要加赋呢？"

吴刚说："这你就不懂了。因为不减赋，有的地方要谋反收不上来赋，但郡国的开支是有定数的，这些收不上来的赋从哪里来呢，自然只有加赋和加苛税来弥补啰。"

郑香莲说："那这样，岂不是逼着百姓谋反吗？"

吴刚说："君王不下旨，谁也不敢减赋。州府、县衙也没办法。不过，外面都在传，说君王病了，不上朝也不理朝政。所以这赋一直没有减。"

郑香莲说："君王不上朝，那文武百官呢，就没一个人给君王说说。"

吴刚说："听说君王得的是疑心病，总是疑心有人要害他。所以有人一上奏谋反的事，君王便龙颜大怒，听说因为这连杀了三位大臣。那些官老爷怕掉脑袋，多一事不如少一事，都不敢再给君王报实情了。"

郑香莲说："那照这样下去，君王不是疑心有人要害他，肯定有人要害他。"

吴刚说："不管君王如何，肯定受苦的是天下的百姓。现在当官的都不为百姓着想，都只想保住自己的乌纱帽，真不如回家种红薯算了。"

郑香莲说："刚哥，你说我去县衙找县正张老爷，跟他好好讲讲利害关系。他会不会听。"

吴刚说："现在就是他想听，他也没有办法。他一个七品官，想见君王，也远得很呢。"

郑香莲说："路要一步步走。如果说通了县老爷，那再去说服太史大人，一级级地向上找，我就不信他们都不怕百姓谋反。如果百姓谋反，知而不报，君王怪罪下来，他们也担当不起吧。"

吴刚说："理是这个理，可你怎么说服县太爷呢。"

郑香莲说："这你不用管，由我去说。只要你帮忙引荐就行了。"

吴刚说："引荐倒也可以。张县正的夫人经常到店里来看绸缎，前些天我还专门为她进了一些都城里时兴的缎面，亲自给送到府上去。正好碰到张县正，他还好心留我喝茶，问了下族里的情况。我把香莲族长善于管理、族人团结，连土匪都下山当上正经庄户人的事都说给县太爷说了，张县正连连叫好，直说所有的族长都这样，那天下就太平了。看来张县正对你印象很好，他应该是会见你的。"

郑香莲说："那就麻烦刚哥帮忙说说好话了。"

吴刚看着香莲，心疼她为全族的事操碎了心，差点把命都丢了，便劝她说："莲妹，虽然你是族长，但你把本族的事管好就行了，怎么还管起天下事来了。俗话说天下事自有天去愁，你惹这个闲事干什么。"

郑香莲说："话不能这么说，天下事你不管，我不管，都等着天去愁。到时候愁的就是你我了。你想想百姓谋反了，你在城里的日子不好过，我们族人在乡下的日子也不好过。"

吴刚说："莲妹，你是真要管这个事，就不怕惹恼了县太爷挨板子。"

郑香莲说："我不为自己的私事，我为天下的公事，那县太爷还能把我怎么样。再则我听说县太爷是知书达理的人，不会把这个女流之辈怎么样的。"

吴刚叹了一口气说："那我就找机会跟县太爷说说，你等信吧。我就不懂，你全族的心还操不完，还操起天下百姓的心来了。"

第二十四章

没等两天，吴刚从城里捎回话来，县太爷要见她。要她准备好第二天到衙门里去。

郑香莲本来想一个人去。但最后想了想，还是去跟王成说了一声，让王成跟着他去，相互有个照应。王成听说郑香莲要去见县太爷，起先不想去，说张县正几次剿匪都没捉住他，对他恨之入骨，这次去县城，岂不是羊入虎口。但郑香莲说王成见多识广，需要他做个伴，再说张县正又没见过王成的面，怎么知道你就是王成。

王成也怕现在城里动荡不安，怕香莲族长有个什么闪失，但答应一同前往。

第二天，郑香莲和王成两人先到吴刚的绸缎铺吃了午饭，吴刚给他们讲了些张县正的逸事。这个张县正还算是人为民做主的官，自上任以来，剿匪、治水、修堤、办学，为老百姓办了不少好事。就连这次减赋就向州府寄了三封公函，虽说了无音信，但也体现了张县正忧国忧民的心。

午后，由吴刚引路，在县衙后院见到张县正。因是私人会面，张县正没穿官服，一副书生打扮，年约四十，慈眉善目，斯文儒雅，手摇纸扇。

下人招呼入座看茶后，吴刚给双方给了介绍，当然没说王成的真实身体，只说是郑氏族人。

张县正看着郑香莲惊叹不已："你就是郑香莲郑族长？"

郑香莲道："正是小女。"

张县正唉呀一声："后生可畏，后生可畏。没想到小小一个弱女子，竟是一个大族的族长，并且管理有方，全县知名啦。"

郑香莲笑着说："张老爷过奖了，只不过族人抬举罢了。"

张县正说："不只是抬举这么简单吧。我县治内大小宗族三十多个，没一个能有郑家宗族如此成就的。不说开沟挖渠，就说今年天灾之年，族内没有一个外出逃荒的，就了不起。有很多大族都比不上啊。"

郑香莲说："关键是族人团结一心，我们共同抗灾，没有过不去的坎。"

张县正说："好个团结一心，没有你这个族长，怎么团结。还是你管理的好啊。我要号召全县的宗族都要向你学习呢。"

吴刚在一旁附和："是啊，张大人经常说郑族管教有方，是全县楷模。"

郑香莲说："我管一个族算什么，哪像张县正管理这么一个大县，都井井有条，人人称赞是百姓的父母官呢。"

张县正摇头一笑："父母官谈不上，在下深受天恩，自当为国效力，为民做主。"

正当这时，下人来报，县衙的倪捕头求见。张县正眉头一皱，说正在会客，让明天再传。下人回说倪捕头有急事上报。张县正摇摇头，向着郑香莲说："现在有点忙，治内不太平，县衙事多，还请郑族长见谅。"

郑香莲笑了笑说："张大人为民父母，事必躬亲，自是操劳得多些。"

张县正微微一笑，叫下人传倪捕头。

不一会，一个倪捕头便进屋来，一副精干打扮，腰间系着一把短刀，看不出多大年纪，但一双眼睛精光闪烁。倪捕头进门一见屋里有客人，忙抱拳向各位行礼。郑香莲、吴刚都略一施行，待到王成时，倪捕头特意多看了两眼。王成因怕倪捕头认出来，一直低着头，也不说话。

因有客人在，倪捕头准备附耳向张县正说话。但张县正把手一挥，说："这里都不是外人，有什么事直说吧。"

倪捕头略一思忖，便说："张大人，东门的兄弟来报，今天又有十多名不明身份的人进到城里，都是农民打扮，虽然各自进城，但一看就是一伙的。"

张县正一惊："进城就进城，又没干什么咱们怕啥，叫兄弟们小心盯着就是了。"

倪捕头答："是，但昨天南门报也有十多人进城来，不住店不买卖不惹事，都住在城隍庙里，兄弟们只看着也奈何不得。"

张县正答："小心看着就是，务必小心行事，不要招惹是非，不要轻举妄动，免得让他们找到闹事的由头。"

倪捕头点头称是。

张县正又说："倪捕头，你真该向大战坡的郑族长学习学习，她管理全族井井有条，历年没有什么大案上报。"

倪捕头一惊，手不由得握紧了短刀："请问这位是大战坡的郑族族长吗？"

郑香莲抱拳回头："正是民女。"

倪捕头转向王成："敢问这位大哥尊姓大名？"

王成依然低着头，郑香莲为他回答："他是我的族人，陪我来见县太爷的。"

倪捕头猛然抽刀，厉声道："族人？怕不是姓郑的吧？"

张县正见倪捕头抽刀，问道："倪头，这是为何？这是我的客人。"

倪捕头说："张大人见谅，我原来听说饿虎岗大当家的王成到了大战坡，一直不信，今日一见，果然是了。"

张县正听见王成，吓得连连后退，连说话的声音都发颤："郑族长，他到底是谁？你怎么带一个土匪来到县衙，好大的胆子。"

郑香莲急忙拦在王成面前，说："张大人、倪捕头勿慌，怪民女未事先说明。此人是王成不假，但不是饿虎岗的王成，而是大战坡的王成。"

张县正问："此话怎讲？"

这时，王成说："禀告大人，饿虎岗的大当家已经死了，只有在大战坡种田捕鱼的王成。"

倪捕头哼了一声："管你是饿虎岗的，还是大战坡的，你终究是王成，就算现在种田捕鱼，莫忘了你原来是土匪。"

王成反问："我原来是土匪不假，但我原来是土匪现在就是土匪吗？你现在是捕头，你永远是捕头吗？"

倪捕头说："你是土匪，犯下的血案多了，不能说下山就下山，那些横死的良民不能放过你，我也不会放过你。"

郑香莲说："张大人，佛祖有云：放下屠刀，立地成佛。王成原来是犯过法，当过土匪，但现在改邪归正，大人能否既往不咎。"

张大人说："国有国法，不是我说放就放的。"说完，朝倪捕头使眼色。

郑香莲知道张大人是让倪捕头拿王成，但急忙下跪，说道："张大人，容民女说个清楚。再拿人不迟。"

张大人真心佩服郑族长，认为她小小年纪便能团结带领全族，自有非凡之才。非凡之才必有非凡见识。所以他想听听她的想法。便说："郑族长请讲。"

郑香莲正色道："民女自然知道王成为有罪之人，王成心里也知道。但我们两人以身犯险，面见张大人，是有一事相求。"

张大人说："本官一向秉公执法，公正廉明。虽然郑族长治族有功，但本官也不会徇私枉法。"

郑香莲说："民女所说之事，绝不会让大人违背国法，而是请求大人顺应天理，顺应民心。"

张大人感到奇怪，郑族长冒如此大的风险，到底所为何事。便说："本官愿闻其详。"

郑香莲问倪捕头："刚才倪捕头所讲的，莫非是说城内已来了三四十不明身份的人？"

倪捕头望望张县正，张县正朝他点点头。倪捕头便说："对，从前天开始，从县城北门、东门、南门都来了一些不明身份的人，皆是庄户人家打扮。"

郑香莲问："倪捕头可知他们到底所为何事？"

倪捕头望望张县正，说："下官不知，但听说事关减赋。"

郑香莲说："倪捕头但说不妨。倪捕头专事治安之职，城里不明身份之人如此之多，倪捕头说不知，倒有点说不过去了。民女昨天才进城，城里都吵翻天了，说是君王再不减赋，就要谋反了。这些人该不是谋反的吧。"

倪捕头望望张县正，不再说话。

张县正说："郑族长听说了什么，说来听听。"

郑香莲说："今年天灾，按常理应该减赋，可郡国不仅不减赋，有的地方还加赋，这就叫官逼民反，大人不会不知吧。"

张县正一愣："郑族长难道是为此事而来？"

郑香莲说："对，我为此事而来。此事不是小事，而是关乎社稷民生的大事。"

张县正说："我何尝不知，我已经休书三封前往州府，可至今了无音信。"

郑香莲说："了无音信，不知张县正能否动身前往州府去打探打探？"

张县正说："国有国法，朝有朝纲。如果没有上封宣召，我怎敢擅自离开本县。"

郑香莲说："如此紧急之事，就不值得张县正破例吗？"

张县正叹了一口气说："我即使去了也是如此，听说太史大人进京上奏，连天宫都进不去。"

郑香莲说："那就这样等着，直等到百姓谋反吗？"

张县正说："我也无法，只好尽量安抚本县子民。外县如何我也无可奈何。"

郑香莲说："张县正果真是深受天恩、为国效力，但却不知张县正是如何不忠不义之人！"

张县正闻听此言，大怒："此话怎讲！"郑香莲如此直白地说起张县正，连一旁边的王成脸都吓白了。

郑香莲微微一笑："大人饱读诗书，不可能不知道忠义何解吧。忠义者，忠于君王，忠于郡国，富贵不能淫，贫贱不能移，威武不能屈者是谓忠。义者，顺天下合宜之理，行天下通行之路也。张大人不可能不知吗？"

张县正"哼"一声。

郑香莲继续说："当今天下，官不守业，民不聊生，祖宗基业，岌岌可危。受天恩者，自当为国效力，肝脑涂地，可张大人坐以待毙，无所作为，固守一域，何以达济天下。若天下大乱，张大人知而不报，对得起君王吗，是为不忠也。张大人贵为一县之首，百姓视张大人如父母也，教之则行，令到则止，何其顺民也。如今被张大人困于一城，犹如大厦将倾，独木难支，到时覆巢之下安有完卵，张大人如此爱民如子，是为不义也。张大人是聪慧之人，怎做此不忠不义之事。"

张县正起先还恼羞成怒，越听越焦虑，一把纸扇摇个不停。

郑香莲接着说："古语有云：志士仁人，无求生以害仁，有杀身以成仁。当今局势，需要张大人舍生取义，可张大人眼睁睁看着无动于衷，却落个不忠不义之千古骂名。我为张大人不值啊。"

郑香莲又说："王成乃饿虎岗匪首，为官衙通缉之要犯，听说我为此事找张县正，不惜以身犯险，陪我前来？他难道不知他来这里是有来不回吗？他只为天下黎民百姓，让大人看看他的勇气！"

王成下跪，伸手抱拳，说道："王成自知罪孽深重，国法难容。只因郑族长要为民效力，甘愿护送。如此事完结，王成自来衙门，接受国法。"

张县正踱来走去，纸扇摇的"呼呼"直响，脸上却还冒出汗来。良久，张县正低声问："不知依郑族长看来，有何高见。"

郑香莲正声道："战时为国效力，自是金戈铁马、战死沙场，草草裹尸还。可现在只需直言上谏，为民鼓与呼，有何不可？"

张县正说："我还是写了文书的，可不是没有结果吗？"

郑香莲说："事发紧急，非忠言直谏不可。民女欲为民请愿，直赴太史衙门，甘愿受滚钉板之刑，也要越请上奏，直达天听。"郑香莲心想越过县衙直接到州太史衙门里去，属于越级告状，按照官府规矩，不管你有理无理，也要行滚钉板之刑。滚钉板行刑下来，不死也掉掉条命。所以敢于冒滚钉板刑而上告的，可见得有多大的冤屈，多大的决心。

见郑香莲如此决心，张县正不由得说道："好，郑族长忠心义胆，张某实在佩服。张某也不是贪生怕死之辈，愿陪郑族长前往州府，面见太史李大人。"

郑香莲大喜："谢大人。"

张县正说："太史李大人是我的同门，也是同乡。乃当今君王钦点的状元，任京官二十余载，官拜吏部尚书，因为人耿直，得罪了郡国王爷和一些重臣，遭人暗算，君王惜才，才被贬至本州。我想他看我的面子，应该会见我们的。如果他同意再次进京，见到君王的机会也大些。只是我等此次到州府，没有公函，公差相送可能不好。"

王成抱拳道："王成愿一路保护大人和郑族长。"

张县正看了看王成，说："好，有劳王壮士。"

这时，倪捕头见张县正将要去州府，忙说："大人，城里危机四伏，恐大人走后有变，属下担当不起。"

张县正想了想说："灾民主要是想郡国减赋。这样，倪捕头私下跟几位头目说说，就说我和郑族长前往州府请愿，恳请郡国减赋。灾民都是良民百姓，料想会安宁几日。只是倪捕头要辛苦了，见机行事。"

倪捕头一听，大喜："属下得令。"

第二十五章

事不宜迟，第二天一大早，张大人、郑香莲、王成各乘一匹快马，直奔州府而去。事关紧急，快马加鞭二昼夜，终于赶到了太史衙门。

同门同乡的招牌果然好用，听说张县正急事来访，太史李大人安排在内堂亲自召见。

待张县正说明来意后，李大人既佩服他们为国分忧为民请愿的勇气，也表示对目前的形势无可奈何。李大人诚恳地说："自从收到张大人的三封公文后，日夜寝食难安，唯恐治下犯乱。我亲自赶赴都城，想面见君王，陈述灾情，恳请君王开恩，降旨减赋。但还未进紫禁城，就被军机处的大臣们拦下，说我未召进京，有违朝纲，意问我罪。奈何我恩师何大人现为当朝太傅，何太傅为我求情，念及我为国一片忠心，才留下奏折，放我回州。"

郑香莲问："不知李大人奏折，君王看了没有？"

李大人摇摇头："我回来后，专门托人问了何太傅，说我的奏折根本没到君王手上，就被国师扣下了，最后三言两语便把我打发了。"

郑香莲问："既然何太傅是当今君王的恩师，李大人何不请何太傅亲自上奏给君王。"

李大人说："我当时也试过，另写了一封奏折给何太傅，想转给君王。可何太傅说，君王最近龙体欠安，不仅没有上朝理政，连他这个恩师也不见了，整天呆在养心殿里。所以奏折至今未呈送给圣上。"

郑香莲问："不知君王得的是什么病？什么连朝都不上了。"

李大人叹一口气："具体的也不知道，只说是疑心病，整天疑神疑鬼的,一会儿说有大臣要谋反,一会儿说天宫里有冤鬼,反正就是整个人身体不舒服。具体什么病症也不清楚。"

张大人说:"太医们怎么都瞧不出来吗?"

李大人摇摇头,说:"太医们说,君王的病太杂,一会胸闷心慌,焦虑不安,一会儿脾胃不适,不思饮食,整个人行坐不安,瞧不出来具体病症,用了几副药之后没有效果。又不敢乱用药,就这么耽误了。原来只是胸闷心慌,病症拖时间长了,最后拖成疑心病了。俗话说心病难医,太医们医不好,结果宫内谣言四起,说什么天灾收天子。你想君王贵为天子,天灾治不好,还说什么天灾表示上天要把君王收上天去,君王岂不龙颜大怒,当即砍了三个太医两个大臣的脑袋。就这样文武百官人心惶惶,再也没人敢提天灾的事了。大家都不说,都只等着谁治下出了乱子,等君王知道了,才好行事。"

郑香莲说:"这样,岂不是都盼着百姓谋反么。"

李大人说:"现在也只能这样了。君王一日不知情,就一日不肯减赋,百姓仇怨越积越深,终有一天要爆发出来,到时候哪个州哪个县里先出了乱子。军机处肯定要着急,这时候君王不上朝,军机处也要派兵了。"

郑香莲说:"这样,百姓就更苦了。有没有一种法子能避免此事呢?"

李大人说:"目前为止,上传奏折根本到不了君王手里,当面请奏君王不上朝,再则君王目前最忌讳天灾,所以都城百官,上至王公将相,下至六部各位尚书大人,都不敢向君王说天灾的情况。我还听说都城里面有良知的官员想联名上奏,却没有人敢领这个头,最后不了了之。所以我劝你们各位还是快点回去吧。"

郑香莲不甘心,低头想了想,又说:"李大人,有没有一种可能,就是君王的病突然好了。那岂不是天下太平,君王上朝了,批阅奏折了,也知道天灾的情况了,自然就会削减天赋,也许还会救灾呢。"

李大人哈哈大笑，说："当然这样最好。但天宫里的太医可以说是世上名医之首，天宫里的药材也可说是应有尽有。君王的病，宫里的太医都束手无策，再名贵的药材也起不了作用，那天下还有谁治得好呢？郑族长，我知道你治族有方，但这种事不要想得太简单了，你还是回去好好管好你的族民吧"。李大人听张县正说过郑香莲族长的事。

郑香莲黯然无语，虽然开始来的时候想的很好，以为说服李大人就有希望，但现在好像路路都行不通。

郑香莲不禁有些沮丧，思来想去，也想不出好办法来。正在这时，她突然看到正墙里供着一尊观音菩萨的神像，神像前香雾缭绕，似乎经常有人朝拜。她似有所悟，问李大人："李大人，您也信观音菩萨吗？"

李大人笑着说："我家历来信佛，家母尤其信奉观音菩萨，慢慢的，我也信奉起观音来，每天燃香供奉，修身养性，祈福避祸。"

郑香莲说："我家也信观音菩萨，不瞒大人说，我这条命也是观音给的，也是观音救的呢。"

李大人感到非常惊讶："说来听听。"

郑香莲便把她的身世及观音菩萨显灵救命说了一遍。李大人连连称奇："救苦救难大慈大悲观世音菩萨果然大显灵通，能赐给郑族一位如此优秀的族长，可喜可贺！"

郑香莲道："唉，郑族毕竟只是一个小族，偏居一隅。现在是全天下的百姓有难，我想遵循观音教诲，欲救天下人，却无能为力。"说完，便在观音菩萨神像前拜了几拜。

李大人说："我供奉观音菩萨几十年，天天祈福，只求自己及家人平安，难得郑族长心怀宽广，为天下人求，这点我自愧不如。"

郑香莲说："哪里，哪里，观音菩萨赐我生命、延我寿诞，我自当感激，为天下人祈福是应该的。"

李大人说："当今君王贵为天子，也信奉佛教，经常邀请大师进宫弘法。每年还要举行仪式，恭迎佛骨，在宫中供奉舍利。若能感动上天，迎请观音菩萨下凡点化，君王肯定能顺从天意，削减天赋，到时候就能避免一场天灾人祸。"

郑香莲说："我经常在朝拜观音菩萨时，祈求观音显灵，降低祈祷，可能是我心不诚，不然观音菩萨肯定会显灵的。"

李大人说："谋事在人，成事在天。只要我们尽心而为，尽力而为，冥冥之中自有天意，定有神灵指引。"

郑香莲说："李大人佛缘深厚，注定得到菩萨保佑。"两个人由于都崇尚佛法，竟有惺惺相惜、相见恨晚之感。

李大人问郑香莲："你有何打算？"

郑香莲说："我为天下百姓而来，现在毫无头绪。不知怎么办才好。"

李大人边摇纸扇，边说："你先前说起你的来历，观音菩萨竟然两次在宜都显灵，看来宜都颇有灵气。我多年信佛，供奉观音，真想亲眼目睹观音菩萨真容，亲耳聆听观音菩萨教诲。"

郑香莲如醍醐灌顶，也许真如母亲郑张氏所言，观音菩萨无所不在，只是时辰未到。现在李大人如此一说，倒给郑香莲一个提示。她忙拜首："恭迎李大人到大战坡微服私访，为天下苍生指点迷津。"

李大人摇摇头："指点迷津不敢，我只是想到大战坡看看，心诚则灵，只要我们诚心礼佛，观音菩萨一定会给我们指点的。"

郑香莲说："事不宜迟，不如我们即刻启程。"

李大人说：　"既是微服私访，我也不能带很多随从，不知……？"

张县正听明白了李大人的意思，忙答："李大人尽可放心，郑族长带的一个随从，名叫王成，此人原是土匪窝的大当家的，功夫了得，世面熟悉，跟着他不会有事的。"

郑香莲也急忙说："这个王成，原是我们那里饿虎岗的大当家的，因不当土匪了，就在大战坡落户，现在种田捕鱼，但一身功夫没落下。定能保证大人安全。"

李大人哈哈一笑："土匪头子就在大战坡落户，甘心种田，可见大战坡佛缘广大，可见郑族长治族有方，这么一说，我倒真是该去看看了。"

当下，四人一起出城，快马加鞭，疾速向宜都赶去。郑香莲她们怕李大人身人官场，不事劳累，所以骑马便故意慢些。不存想李大人文武全才，本是状元，又习武多年，刀枪骑射皆不在话下。所以四人便一路畅通无阻，直奔陆城而来。

快到陆城时，路上便不时有灾民模样的人，往城里赶去。四人放慢行程，看着李大人的疑惑表情，张县正拦住一人，问什么事。灾民说："乡下没吃的了，只有往城里讨碗饭吃。"张县正知道他们出城时，城里便聚焦了三四十灾民，现在只有越来越多，若不采取办法，任其下去，恐怕有变。张县正向李大人禀明情况，李大人摇头不语。

这时，王成看见前面有三个灾民，相伴而行，其中一个是他认得的，原来也是山上的兄弟，叫做侯三的，在最后一次官兵剿匪中不愿随他到大战坡，而到处流浪的。王成想找他打探点消息，便喊住他："侯三，还认得我吗？"

那个侯三正跟旁人有说有笑的，也许是当惯土匪，猛然听见有人喊他大名，吓得一惊。看到骑着马的王成，又惊又喜，拦住马头，大叫道："大当家的，怎么是你？"

王成跳下马来，问他："侯三，多日不见，像长胖了些。在做什么活路？"

侯三一笑："大当家的，你又不管我们了。我们现在都没有饭吃了。"

王成笑说："指的阳关道你不走，还要怎样？"

侯三也笑着说："大当家的，你知道我的，原来就是做小买卖

橘神传说

的，你叫我再去种地，我实在做不来。"

王成问："你这是要到哪里做买卖去？"

侯三答："大当家的，现在世道不太平，哪里都有什么买卖做。我还真不如当初跟你到大战坡去，虽说人辛苦些，但吃喝不缺。"

王成说："当初要你去你不去，现在后悔还来得及。你是要到城里去吗？"

侯三看了看李大人、张大人和郑香莲，王成知道他是在外人面前不好说话，便开玩笑似的推了他一下："这都是大战坡的族人，不是外人。有什么话就讲。"

侯三见王成如此说，便小声地说："大当家的，还不知道吧。我们都是准备到城里去的。听人说城里要起事。"

起事就是谋反的意识。王成也知道一些灾民准备谋反的事，但见侯三也参与其中，便问："起事的都是灾民，你瞎掺和干什么？"

侯三嘿嘿一笑："大当家的，原来吃喝惯了的，这下没有了这一口，还不习惯。我们是去城里凑个人数，到时候浑手摸鱼啊。"

侯三这一说，李大人他们便都明白了，原来只有一些灾民要起事，现在听说城里要谋反，一些不三不四的人都涌到城里去，别人谋反的时候，他们趁机小偷小摸。

李大人听他如此一说，便问："你们这样，城里就没人管了吗？"

侯三笑了："管，当然有人管。城里的捕头都说了，县太爷到州府去了，如果减赋的消息来了，灾民肯定就不会起事，如果县太爷回来了，说郡国不同意减赋，那就难说了。到那个时候，捕头们想管，他管得过来吗？"

李大人沉默了：看来真如张大人、郑香莲所说，灾民们都是顺民，只要郡国一减赋，哪怕只减一点也是好的，灾民们不会闹事。可如果硬是不减赋，有了侯三这样的人一挑拨，火上浇油，灾民们只怕就要起事了。

张大人又想问问城里的情况，便说："我有个亲戚在城里，不知城里现在情形怎样。"

侯三说："现在城里呀，就像秋天晒干了的稻草，一点火星就点燃了。要起事的灾民在等县太爷的消息，城里的店铺都关了门，城里人大多回乡投亲靠友去了。"

张大人一惊，没想到形势发展如此之快，自己治下的县城原来不说政通人和，也算是人们安居乐业。现在到了这一步田地，在上司李大人面前可真是丢尽了脸了。

侯三转过来问王成："大当家的，你们也到城里去吧。凭你的本事，到时候还不是手到擒来，说不定还可以弄个起事的头目当当，多过瘾。"

王成说："你又乱说话。我早就洗手不干了。现在种田、捕鱼快活得很，哪还用担这个险。"

侯三想了想，说："也是，大当家的本是慈悲为怀的。我不一样，我是舒服惯了的人。那大当家的，你不去城里，那我就先走了。免得去晚了连汤都喝不到了。"说完，和另两个同伴急忙往县城里赶去。

县城在东，大战坡往西。知道了县城形势如此紧急，一行四人无话，只有先回到大战坡再说。

等他们回到大战坡时，已近傍晚。

一进郑宅，李大人就被供奉的观音菩萨的神像迷住了，先行祭拜了一番，并点燃三根香烛，为天下百姓祈福。这尊神像是当年郑张氏和郑广一同去梁山朝拜时请来的，一直供奉在正堂。随着时间的推移，神像日渐明晰，观音的尊容显现，往来的客人都赫赫稀奇。再加上郑张氏说过两次观音显灵，所以前来祈福的人很多。

郑张氏看到有客人来，急忙出来敬茶，郑香莲当然没有说明他们的具体身份，只是说他们是州府来的贵客。

听说是远道来的贵客，郑张氏越发殷勤起来，敬茶、端水忙个不停。又急忙招呼族人前来做饭。

李大人看着眼前这位慈眉善目的郑张氏，心想这就是两次遇到观音菩萨显灵的人物，不仅面相善缘，而且有一颗菩萨心肠。急忙拉过郑张氏，向她讨教佛法。

郑张氏谦虚地说："我哪懂得什么佛法，我只是觉得做人就要做善事，有吃的我一个人吃不好，大家一起吃才吃得香。大家都是一样的，只有团结在一起才能干成事，人家有难处，我有能力就帮一下。这样子算什么佛法？"

李大人边听边点头，听郑张氏讲完，李大人双手合十，念着"阿弥陀佛"，直对郑张氏说："你这才是真正的佛法，才是大佛法。所谓返璞归真，世人拜佛，总求佛法，各种执著，各种高低，各种念想。哪能跟你这样的大善大德相比。佛说众生平等，你平等待人，佛说行善积德，你发自内心里做善事，不求回报，甚至也不在佛前祈求，这才是大功德，这才是真佛法。"边说，李大人边行礼，"郑婆婆，请受我一拜。"

郑张氏吓得连连后退："哪里，我哪里受得了您这一拜。"

看着两人讨论佛法、讨论行善，张县正、郑香莲都笑了起来。

这时，听说郑族长回来了，不少族人前来看望她，并向她说着这几天族里发生的事。郑长益老人来说有人来村里约着去城里准备起事，被他劝了回去。防务队的郑道本说族内治安都好，就是每天都有外村的人来村里乞讨，都安排在祠堂里吃饭。捕鱼的聂志远来说这几天鱼获多了些，听说来客了还特地送了一条大鱼来给郑族长。随聂志远来的是郑香莲小时候的玩伴郑小妹，她也说田里试种了几株山上采下的果树，但可能是水土不服，没栽活。

对每一个族人，郑香莲都亲热得很，耐心地听完他们的诉说。对他们处事方法，都作了肯定的答复，并针对今后处理，进行了安排。郑香莲治理本族的方法，连一旁听着的李大人、张县正都暗暗称赞不已。

处理完该处理的事后，郑香莲拉着郑小妹的手，悄悄地不知说了什么，郑小妹红着脸，低着头，不说话，眼睛直往聂志远那边瞄。聂志远知道她们在说他，也低着头不说话。还是王成老道，拍着聂志远的肩膀，说："天晚了，还不快点送郑小妹回家，当心他父母担心呢。"

王成一说，算是为聂志远解了围，他急忙说："哎，我送你回去吧。"

郑香莲笑着说："谁是你的哎，又不说清楚。"

聂志远红着脸，又不说话了。

郑小妹也害羞地答应了一声，声音小得跟蚊子似的。

郑香莲对郑小妹说："知道是喊你，还不快跟着去。一个个脸红的赛关公似的。"

她这一说，聂志远、郑小妹如蒙大赦，急忙跑出门去。

郑张氏来招呼客人入座吃饭。当下是饥荒年月，大战坡也没有多少余粮，但饭还是有吃的。虽然没有丰盛的菜肴，只有聂志远拿来的大鱼，还有些新鲜青菜，李大人、张县正吃得津津有味。

郑香莲满怀歉意地说："不知两位大人到大战坡做客，不然多预备些菜。"

张县正说："唉，不要说什么菜，只有你这里还能吃上饱饭我就知足了。"

张县正说完，朝向李大人说："李大人，属下无能，治下如此情形，让您笑话了。"

李大人说："不仅你这里，州内许多地方都是如此。这事怨不得你。再说，在大战坡的郑族长这里，有如此可口的饭菜，我已经很知足了。"

郑香莲说："感谢两位大人理解。"

李大人说："郑族长，你治族有方啊。我在这里吃饭，不是吃进肚子里的，而是吃进心里的。"

张县正不解，问："李大人，此话怎解。"

李大人说："同样的天灾，有人要君王减赋，不然就谋反。而大战坡这里风平浪静，人们安居乐业，不仅没有一个人外出逃荒，还接济来乞讨的人。如果州内都如此治理，何来如此忧愁。所以我在这里吃饭，吃的是心安呀。"

张县正说："那是，郑族长治族有方，我早有耳闻，还准备号令全县向郑族学习呢。没想到出了这个事。"

郑香莲说："感谢大人夸奖，只要不是天灾，我相信别的宗族也会治理得好的，谁也不想自己的族人在外乞讨吧？"

张县正说："是啊，就是不知天灾何时结束？老百姓能不能挨到天灾结束呢？"

大家一时沉默不语，要熬到天灾结束，只有等到明年春天。可老百姓等不及啊，到处都干旱，没有吃的，听说有的地方连野菜、树皮都吃光了。

郑香莲说："我母亲天天在观音菩萨神像前祈求，我也在经常朝拜，祈求观音菩萨早日看到人间疾苦，早日显灵指点迷津，可总是事与愿违，我母亲却说是时辰未到。"

看到大家如此沮丧，李大人有意转移话题，问郑香莲："你母亲呢，把你母亲喊来一起吃饭吗？我还想听听观音菩萨显灵的故事呢？"

郑香莲说："我母亲已经吃过饭了。我母亲喜欢讲观音菩萨显灵的事，好教导人们信佛向善。我听她都讲过几百遍了，她从不嫌烦。"

正说着，郑张氏从厨房里端着菜出来了。因为正在做饭，厨房里烟雾缭绕，郑张氏从厨房里出来带着一身的烟雾。正在吃饭的众人一看，吓得筷子都掉在了地上。

只见烟雾笼罩着的哪是郑张氏，明明是观音菩萨。只见观音菩萨头戴宝冠，宝相威严，身披天衣，庄严华贵，手执净瓶，浑身烟雾缭绕，一道佛光在她身后显现。只见此时，满屋亮光，异香扑鼻。

众人看着都惊吓了，过了好一会儿，还是李大人醒悟过来——这是观音菩萨显灵了。急忙跪拜在地。

李大人一跪，张县正、郑香莲、王成也纷纷顿悟，都跪在地上。

李大人伏身说："恭迎救苦救难大慈大悲观世音菩萨显灵，诚求观世音菩萨为天下苍生做主。"

他一说，张县正等人纷纷说道："诚求观世音菩萨为天下苍生做主。"

只见观音菩萨金口轻启："你们都起来吧。"说完，用手一挥，众人原来还跪拜，此时不由得纷纷站起身来。

众人虽然站起身来，还是不敢直眼看观音菩萨，都低垂着头。

观音菩萨说："郑香莲，当今君王身染小疾，以致不理朝政。我早已算出此事。早已放了药在你这里，助你功德，你忘了吗？"

郑香莲大惊，心想观音菩萨什么时候放了药在我这里。正想的着急的时候，突然金光一闪，莫非——

郑香莲低头作答："莫非观音菩萨说的是那救我性命的果皮么？"

观音菩萨说："对。就是它。你莫看它是无用的果皮，此乃天宫仙果，周身都是宝物，但凡人不可得。郑香莲你肉身是玉帝所赐，所以可救你性命。当今君王是天子，也可用得。你将此药献给天子，可救天下苍生。"

郑香莲忙答："是，谨听观音菩萨教诲。"

只听这时仙乐响起，众人都垂头不敢抬头看。过了好一会儿，王成斜头瞄了一眼，只见屋内除他们外空无一人，才小声说："观音娘娘走了。"

众人方才抬起头来，只见屋内哪有人影。待李大人追出房外，周遭一片寂静，观音菩萨早已不见了踪影。

正在这时，郑张氏端着菜从厨房里出来，笑着说："快来吃，热菜来了。"

张县正问："刚才不是您出来了吗?"

郑张氏说："哪里，我一直在厨房里炒菜，哪里出来? 你是看花眼了吗。"

这一下，众人都明白了，原来是观音菩萨假借郑张氏的肉身显灵，为他们指点迷津来了。

郑香莲忙问郑张氏："妈，上次你救我的性命的果皮还在不在?"

郑张氏答："在，在，当然在。观音菩萨说过的，只给你用了一半，另一半还有用处的。"

郑香莲说："快拿给我看看。"

郑张氏不知道她们现在这么急要这个干什么，但还是进屋里，从箱底拿出一个小箱来。

打开箱，里面用软布包裹着一个小团。打开软布，半块果皮露了出来。只见这半块果皮外黄内白，黄是金黄，白是米白，彬彬如生，颜色鲜艳，里面又有一条条白色的条状物，好像人身上的经脉一样。

众人看着，均惊叹不已。

李大人问郑张氏："这就是那块救郑族长病的仙物?"

郑张氏说："是的。我一直好生保管着，还和二十年前我拿在手里的一模一样。"

李大人对郑香莲说："就是这个仙物，能治君王的病，能救天下苍生，你可要好好拿好了。我们明天就去京。"

第二十六章

一进都城，顾不得欣赏繁华的街景和拥挤的人群，在李大人的引导下，四人进入了当朝太傅何大人的府上。

太傅乃当朝重臣，颇受君王的器重，参与朝政辅佐天子。何大人既是太史李大人的恩师，也是当今君王的老师。在君王还是太子的时候，何大人状元乃第，进宫授学，由此和太子结下了深厚的友谊。后来太子登基，授何大人为当朝太傅，位极人臣。

虽身居官场，位高权重，但何大人仍是学究作风，不事权贵，不结党营私，所以在朝中颇受排挤。但因为君王的缘故，那些王公大臣也不敢太过轻浮，只是有些他孤立罢了。何大人乐得自在，每日上朝，君王宣召时据理主张，敢于直谏，从不有所偏颇，所以深得君王信任，每每拿捏不定时总是以何太傅的意见为准。所以因此更是开罪了一些权势人物。他们不敢直接对阵何太傅，便从他身边人下手。李大人就是其中之一。李大人也是何大人的弟子，深得何大人厚爱，但权贵们不想看着何大人势力做大，便趁机抓住李大人的一点小错启奏君王，欲置于死地。幸亏何大人以乌纱帽担保，再三向君王取保，方才外派出京。为此何大人总觉得对不住李大人这个得意门生，总认为是自己为他带来了祸事。所以只要一有机会便全力维护这个学生，好减轻一点自己的心理负担。

当何大人听完李大人他们的来历后，沉默半晌，才开口道："如今局势朝中百官也多半知晓，但都不愿轻易请奏，只因枪打出头鸟，伴君如伴虎，现在谁也不知道君王究竟想怎样？所以这就只能等一天算一天了。"说完长叹一声。

李大人凑前一步，叩拜在地："还望恩师为天下苍生做主。"

何大人摇摇头："唉，到现在，我也无能为力。近一个月来，君王一直没有上朝，也没有宣召我进宫。我几次想进宫见圣上都被拦了下来。我虽贵为太傅，现在我连见君王一面都难啊。"

李大人把郑香莲、王成一指："恩师，他们都是普通百姓，一个是一族的族长，自己本族治理有方，今年天灾之年竟然还接济外人。一个是山上的土匪头目，甘愿放下屠刀，下乡种田为生。现在他们都冒着天大的风险，情愿为天下百姓来京。我们身为郡国命官，天恩浩荡，受主隆恩，竟然连他们都比不上了吗？"

何大人低头不语。

李大人继续说："老师经常教诲我们武将死战，文官死谏。现在是关乎郡国转折、百姓生存的关键时刻，如果我们不冒死上谏，只想当个太平官，实在有违本心。他们都是平民老百姓，任何一个芝麻大的小官都能要他们的性命，可他们不怕，他们依然来到北京，冒死想求君王开恩。可我们呢，我们还是郡国大臣，除了君王，没有人能要我们的性命。为郡国担责、为百姓做主，本是我们的职责，可现在我们的职责让他们去承担，我们还有何脸面站在他们的面前？！"

何大人喃喃私语："就是君王，现在谁也摸不清他的脾气，谁也不敢在他面前提天灾这两个字，不知砍了多少脑袋了。"

郑香莲问："敢问何大人，不知君王是何原因如此呢？"

何大人说："君王原是性格温和之人，不轻易迁怒于人。作为他的老师，这点我是清楚的。可最近一个月来，不知什么原因，君王突染怪疾，不思饮食、胸闷心慌，慢慢地变得心神不定，疑神疑鬼起来。"

郑香莲故意问："既然君王得了病，宫中的太医多的是，为何还不查明病情，对症下药呢？"

何大人说："君王是天子，君王得了病，太医自然不敢怠慢，可看来看去，张太医看了换陈太医，陈太医看了换文太医，药倒是开了不少，君王也吃了不少，可再多珍贵的药材，都不见效。

病症不仅没有减轻，反而加重了。"

郑香莲心里有了数，便对何大人说："何大人，若民女有药可医君王怪疾，如何？"

何大人说："莫开玩笑了，宫中的太医都束手无策，你一个穷乡僻壤的小女子有何能耐，敢夸这样的海口。"

郑香莲说："我这个药不是我的，是观音菩萨赐的。"

"哦？"何大人一愣。

李大人忙把郑香莲的身世及观音菩萨赐药的情形讲了一遍。

听完，何大人上下打量着郑香莲，满眼疑惑："你就是观音菩萨赐予性命的郑族长。"

郑香莲说："正是。"

何大人摇摇头，口中啧啧有声，半晌，说："我信我的弟子。你的药呢，拿来瞧瞧。"

郑香莲从怀抱中拿出一个小布包，摊开来，露出半块果皮。

何大人不信："就是这个，这个就是观音菩萨赐的药？"

郑香莲说："对，就是这个。"

何大人轻轻拿起果皮，只要颜色依旧艳丽，散发出阵阵清香。何大人说："想我在宫中行走多年，各地的朝贡珍品、各国的奇珍异宝不知见了多少，也确实没见过如此果子。不知此果叫什么？"

郑香莲说："我也不知道。只听我母亲说，这果子是天宫王母娘娘后花园的仙果，凡人不可得。只因当今君王是天子，才可拿去服用。"

何大人满眼疑惑地望着李大人和张县正，问："你们真是看到观音菩萨显灵，此物真是观音菩萨所赐？"

李大人、张县正拜倒在地，双手作揖，道："属下愿拿性命担保，此物确是观音菩萨所赐。"

何大人说道："当今君王本是信佛之人，如真是观音菩萨的教诲，他一定会听从。若真是观音菩萨赐药，肯定能治好他的病。"

郑香莲、王成忙跪倒在地，和李大人、张县正一齐说："请何大人早日面圣，为天下苍生做主。"

何大人拿着半块果皮，沉思半刻，像下定决心一样，手握拳头猛一挥："好，我明日进宫，拼了我这老命，一定要见到君王。"

第二天一早，何大人便带着半块果皮进宫了。李大人他们在何府焦急地等着消息。

直到中午时分，何大人才回到府中。看到他满脸笑容，李大人心中的一块石头落了地，知道何大人不仅见到了君王，说不定还有了好消息。

果然，何大人是传君王口谕，召郑香莲等人进宫面圣。郑香莲急忙问到底是怎么回事。何大人才慢慢讲起他给君王送药的经过。

当天，何大人虽然抱着必死的决心进宫，但能不能见着君王，他心里也没有底。现在君王心病重，整天疑神疑鬼，再加上此刻说天灾肯定会惹怒君王。死何大人不怕，但就怕他想死，君王不给他机会，因为君王已经近一个月没接见什么大臣了。朝政都由军机处把持着，他这个太傅有名无实。

何大人思来想去，要怎样才能见着君王。说天灾肯定不会见着君王，见阎罗王还差不多。他拿着那半块果皮，想着李大人说观音菩萨指点迷津的情形，猛然醒悟，现在只有借助观音菩萨的威名才能见得君王。于是，他连夜写了一封奏折，奏折中声称湖北太史李大人得观音菩萨指点，送来仙赐神药，特地进呈君王。

当天早上，何大人将奏折递进军机处。军机处见是何大人的奏折，本想压着不办，打发何大人回去。但何大人硬是在军机处外等候，声称不阅转不回府。军机处的大臣才看奏折，一看奏折才知道了不得。现在君王的疾病谁都没有法，可何大人称手中有观音菩萨赐的神药，君王又极信佛，这样的奏折岂敢压着。若君王追问下来定是欺君之罪，便赶忙送进宫去。

君王的病一直未愈，本无心理政。见军机处送来奏折，以为有什么军政大事发生。翻开奏折一看，原来是恩师何大人写的奏折。君王本对何大人恩宠有加，现在龙体欠安，也有一个月没见恩师了。见恩师为自己的身体还在操劳，感动之余便急忙召何大人进宫。

何大人进宫后，将李大人亲眼看见观音菩萨下凡的事叙述了一遍，特别是郑香莲由天帝赐命、观音赐药的事浓墨重彩地讲了一遭。君王本是信佛之人，讲究因果轮回。加上何大人是自己的恩师、李大人也是郡国重臣，张县正也是郡国七品命官，三位大臣都说观音赐药，并且李大人和张县正还亲眼目睹观音菩萨显灵，君王就有点相信了。

当君王看到何大人呈上来的半块果皮后，更是深信不疑。这块果皮外黄内白，栩栩如生，世间未曾见过，真是天宫之物。君王特地宣来几位太医共同鉴证，太医们精通药物，也都摇头说未曾见过。

为慎重起见，在太医们的坚持下，用银针试过，针未变色。一位太医为表忠心，在君王首肯下，以身试药。试药的太医撕下一小块，自己先行尝试，果皮入口即化，顷刻满口生津，脑清目明，果皮顺嘴而下，行至何处，那里便说不出的清爽。待到一个时辰后，这位太医还沉浸在神药的滋补下，向君王说此乃神药，不仅无毒，而且药效神奇。君王才将剩下的半块果皮慢慢放入嘴中，和那位太医一样，刚一含下，君王便知道了此药的神奇，不到片刻，君王便感觉胸闷心慌没有了，原来这也不舒服那也不舒服反正就是浑身不舒服的毛病也不见了，原来不思饮食的这也感觉到饿了，原来整天精神不振现在红光满面重又精神百倍。

君王连连称奇，急召郑香莲等人进宫面圣，酬谢赐药之举。

知道君王宣召，郑香莲等人没想到事情如此顺利，心里都想着是观音菩萨保佑，冥冥之中自有天助。当下事不宜迟，急忙进宫。

李大人原本是吏部尚书，见到君王的机会就多。何大人就更不用说了。虽然郑香莲和王成第一次进宫，第一次见君王，但他们本是平民百姓，都是洒脱之人，即使见到君王也是不卑不亢。可苦了张县正，虽是一县之长，七品大员，但没有机缘巧合，一辈子也见不到君王。没曾想，今天会有这样的机会，能面见君王。张县正顿时紧张起来，走快了怕走在了何大人的前面，走慢了嫌走在了郑香莲王成的后面，原来威严的样子看不到了，一会儿扯扯衣服，看哪里有不顺帖的地方，一会儿晃晃帽子，看戴正了没有。何大人李大人走在前面，看不到张县正的窘样，只有走在后面的郑香莲王成看了暗自笑个不停。

终于来到了御书房。因君王大病初愈，不宜上朝，所以在御书房接见他们。

一进屋，在何大人的带领下，众人皆跪倒在地，高呼："万岁，万岁，万万岁。"

只听一声威严的声音："免礼。"众人方才起身，但仍不敢抬头。

过了一会儿，君王问："哪位是郑香莲?"

郑香莲忙答："民女正是。"

君王说："抬起头来，让朕看看天帝赐命之人。"

郑香莲抬起头来，看到了一张威严十足的脸，身躯凛凛，相貌堂堂，举手投足间流露出天然的霸气。心想，这就是天子，是君王了，是万民景仰的君王，可他为什么不替百姓考虑呢。

君王看到郑香莲，顿时满脸惊讶：没想到一个治族有方的族长还如此年轻，竟然还貌美如花。转念一想，也难怪，谁让她是天帝赐的性命呢。

君王愣了愣，惊讶的表情转瞬即逝，他问郑香莲："你就是那个天帝赐了性命，又被观音菩萨救了性命的郑香莲?"

郑香莲答："正是民女。"

君王笑着说："朕也是信佛之人，虽是天子，但未曾有此奇缘，无妨说来听听。"

郑香莲便把父母朝拜梁山，路遇观音菩萨，观音托梦赐仙果，后得女，乃至最后与土匪争斗，身中一刀，被观音指点迷津所救的身世简要地叙述了一遍。

虽然这些何大人都对君王讲过，但君王仍然耐心地听郑香莲讲完。

待郑香莲讲完后，君王点头赞叹："好一个郑香莲，果然不愧是天帝赐命，不愧是郑族族长，深得观音菩萨教诲，大爱无疆，团结族人，有勇有谋，胆色过人，令朕十分欣喜。"

郑香莲急忙谢礼道："多谢圣上夸奖。"

君王转向王成，说："你就是那个土匪头子，大当家的。"

王成道："正是。"

君王说："你好大的胆子，已是戴罪之身，竟敢进入天宫，是何居心？"

王成急忙下跪，答："请君王明察，王成早已不再为匪，在大战坡种田捕鱼已有年余。今日进宫，实为保护族长而来，别无他意。"

君王点头道："好，好。佛曰：放下屠刀，立地成佛。你既已经悔悟，今天就放你一条性命，但死罪可免，活罪难逃，按我国朝例，还该坐监抵罪。"

王成答："王成早已跟知县大人讲清楚，待今日事毕，自当亲自投案，任凭发落。"

君王道："好，有骨气。朕念你改过自新，送药有功。今日免你罪责，从今日起改作良民，自当勤恳劳作，不负天恩。"

王成忙答谢："谢君王恩典。"

君王又转向张县正，问："你就是宜都府的张县正？"

哪知张县正见君王看向他，知道君王要问他话了，紧张得两条腿抖个不停。君王一问话，腿一软，竟然跪了下来。张县正跪在地上答话："是，小臣是宜都府的张县正。"说话间声音颤颤。

君王说："你县内有郑族长这样的能人，有郑族这样团结自强的宗族，可见你治县有功啊。"

张县正急忙答话，声音依然颤抖："不敢，这是君王教导有方，小臣只是依规行事。"

君王见他谦虚，哈哈一笑："今日你送药进京亦有功，赏官升三级，任湖北太史。"

张县正再次跪拜在地："谢君王恩典。"

君王又转向李大人："李大人，你原为吏部尚书，被贬为湖北太史，不记恨朕，仍挂念朕，朕深为感激。"

李大人跪拜："这是为臣应该做的。"

君王说："李大人请起，朕赏你官复原职，仍任吏部尚书，加封大学士。"

李大人答："谢主隆恩。"

君王拉着何大人的手说："恩师对朕的心意，朕心明如镜。恩师为朝政日夜操劳，不辞辛苦，不理旁务，不为名利，不为己私，朕心里清楚得很。朕封恩师为忠勇候，以表其功，以示奖励。"

何大人说："臣何德何能能封侯，请君王收回成命，臣只是尽忠职守罢了。"

君王说："恩师，这是你应得的。"

说完，君王又转向郑香莲，问："看郑族长年纪尚轻，不知芳龄几何？"

郑香莲答："回君王，民女虚岁二十。"

君王又问："可有婚配？"

郑香莲答："没有婚配。"

君王问："郑族长，虽然观音菩萨指点迷津，但送药之功，你居首位，你要朕如何赏你呢。"

郑香莲说："回君王，民女送药并不为赏赐，只是全凭观音菩萨教诲。"

君王说："难得你一片佛心，诚能可贵。不知你是否愿意遵从观音菩萨教诲，扶持朕，造福万民？"

郑香莲一时愣住了，不知君王说的什么意思。

君王继续说："你既未婚配，可否留在宫中，当朕的王妃，为朕管理后宫，母仪天下，辅佐朝政？"

这下郑香莲听明白了，原来君王想让她留在后宫，娶她为王妃？

这一下变故实在太突然，郑香莲从未想过。纵她在来天宫前想过多种后果，无非是拼得性命要为天下百姓直言，还从未想过事情往这个方向发展。所以她一下子愣住了。

何大人、李大人、张县正他们不清楚郑香莲的情况，以为郑香莲被突如其来的喜悦冲昏了头脑，忙替她作答："恭喜君王，恭喜王妃。"

这一声恭喜，才让郑香莲醒悟过来。不，不，不。自己一心只想为民做主，拼得一死也要以死上谏，还从未想过自己会得如此宠爱。

她忙下跪，对君王说："民女受观音菩萨教诲，为君王送药，实乃天意，不敢有半点私心，还请君王收回成命。"

君王说："你既受观音菩萨教诲，要造福万民，现又得观音指点，为朕送药，这冥冥之中岂不是观音菩萨的旨意？你当上王妃，就是天下万民的母后，更能造福万民，岂不是正合观音菩萨的教诲？"

郑香莲被君王一说，急得不知如何是好，不好当面拒绝君王，但当什么王妃是她没有想到的，也是她万万不干的。所以她只好说："君王，民女乃偏远村姑，何德何能为天下母后，恐天下耻笑，还请君王收回成命。"

但君王好像铁了心似的，继续说："郑族长，你小小年纪，就能管理一族，并且治理有方，官府称赞，连土匪都下山落户，洗心革面。你这样的能力为天下母后当之无愧，你当王妃本是天意所定，你就不要再推辞了。"

这时，何大人等人见君王执意召郑香莲进宫，恐郑香莲拂逆圣意惹怒君王，便过来劝她："郑族长，既是观音菩萨指点，当上王妃既能辅佐圣上，又遵从观音菩萨教诲，造福万民，岂不两全其美，请郑族长三思，就答应了吧。"

　　郑香莲见他们都不帮他说话，急得跺脚。只有王成知道她的心意，但现在他也不好相劝。

　　郑香莲无法，她完全没料到会有这样的结果。对于婚姻问题，她只知道自己早已死了心，除了秋山哥，任何人都不可能在她心中留下印迹。当上王妃，也许是很多女人的梦想，但对于她来说，她想都没有想过。虽然观音菩萨说过要造福万民，但只有当王妃才能造福万民吗？观音菩萨没有明示，她也不知道。她不知道为何这时君王要说这样的话来，都说后宫佳丽三千，不会少她一个，为何君王非要她作王妃呢？

　　君王好像看出了她的心思，低声说道："虽说我后宫佳丽众多，但多属美貌出众的花瓶罢了，遇事不能为朕分忧，遇难不能为朕分解，我这次生病后才知道有一个能够帮扶我的人多么重要。我虽是天子，但也不是无所不能。这一个月后，朝政荒废，后宫混乱，我看在眼里，急在心时，但无一人能替我分忧解难。后宫为天宫后盾，没有稳定的后盾，我分心过多。所以在我看到郑族长后，我知道你就是我要找的人，你不仅治族有方，而且深得观音菩萨教诲，定能母仪天下，不负重托。"

　　郑香莲见君王说得真切，但自己怎么也不会答应。她知道自己不会违背自己的内心，去做一个什么王妃。

　　郑香莲说："感谢君王的良苦用心，请君王体恤民女，民女从小信奉观音菩萨，加之身世坎坷，现已经无心想婚配之事。恳请君王收回成命。"

　　何大人见君王仍然坚持，郑香莲继续退却，他想从中调和，不好劝君王，便只好来劝郑香莲："郑族长，请三思。"

　　郑香莲知道这是何大人的好意，但她无论如何也不能答应，便继续坚持："君王，姻缘自有天注定，观音菩萨既然教诲我要造福大众，但并没有明示我要辅佐朝政。民女无意进宫，请君王收回成命。君王信佛，为佛门幸事，也为天下苍生幸事，后宫的事想必君王自己能够处理的好。再则，佛门讲究因果，佛渡有缘人，不强迫不威逼，民女不想当王妃，君王不会强迫我吧。"

郑香莲话说完，抬头看着君王。君王本还有意再行施压，但看着郑香莲的眼睛，长叹一口气："唉，昔日有佛门大师说有圣女助我，没想到真是你。我有意留你在宫中，共执朝政，你无心，我也不勉强。"

郑香莲知道君王不再坚持，深怕君王反悔，赶快说："多谢君王。"

君王说："既然这样，你受观音菩萨点化，送药有功。你要什么赏赐，尽管说，我都答应你。"

郑香莲说："君无戏言，我要什么赏赐，君王真的什么都答应我？"

君王答："对，只要你说的出来，我都答应你。这样，你既不愿进宫，我赏你黄金万两，如何？"

郑香莲摇摇头。

君王一惊："莫非你嫌少。也是，黄金万两容易花光散尽，不如荣华富贵来得长远些，赐你封侯晋爵如何？可保你几辈人富贵享受不尽。"

郑香莲依然摇摇头。

君王犯难了："黄金万两不要，封侯晋爵你也不要。你到底要什么？郑族长，可不要太贪心哦。"

郑香莲跪拜在地："君王，我本是郑族族长，偏居大战坡，虽没有荣华富贵，倒也安乐祥和，黄金万两、封侯晋爵固然都是好的，但我都不需要。"

君王说："这些你都不要，那我先要你进宫，与朕共享江山，你也不要，你到底要什么？"

郑香莲说："君王明察，郑香莲于个人什么都不要，我要为全天下的老百姓求君王一点赏赐。"

君王一愣："你为全天下的老百姓求赏赐？好，你要什么，说出来，朕给你。"

郑香莲说："君王可能也知道，今天天灾之年，百姓生活困苦，民不聊生，外出逃荒者众多，人们挖野菜、吃树皮，有的开始吃观音土，虽然这样，但天粮苛税不能少，民怨极大，人们哀声载道，渐有起事谋反之意。"

君王说："天灾之年，我早有所耳闻，但不知情况如此严重。为何没看见大臣上奏呢？"

这时，何大人直言："因前段时间君王龙体不适，鲜有上朝，所以军机处的大臣们没有上奏。关于天灾象李大人、张县正都写有奏折。只是没到君王手中罢了。国以民为本，民以食为天，今天灾致禾麦不登，正是郡国发政施仁之日。"

君王说："原来是这样。看来朕的病耽误了这样的大事，若不是诸位爱卿为国分忧、为民解难，岂不是要酿成大错。看来我刚才的赏赐少了啊。"

何大人、李大人、张县正等齐齐跪倒在地："我们不求赏赐，只求君王减赋，为天下百姓着想。"

君王点头，说："既然诸位爱卿皆为百姓说话，朕也是爱民如子，民以食为天，往年天灾都有减赋，今年也行减赋，并让户部下拨粮草，给重灾区开仓放粮。"

何大人、李大人、张县正、郑香莲、王成齐齐高呼："谢主隆恩，万岁，万岁，万万岁。"

君王把手一摆："这不是我的功劳，这是观音菩萨的旨意，这是你们的功劳。"

第二十七章

回到宜都后，郑香莲的心情格外舒畅。君王减赋的消息很快传到了县城，开仓放粮也给灾民雪中送炭，解了大难。在张县正的主持下，城里的商贾大户也纷纷捐资，开办施粥厂，帮助灾民渡过难关。一场即将爆发的起事谋反活动无形中化解了。灾民们又回到了乡下，为来年的春耕作准备。城里的商铺又重新开张，迎来了新的客人。

大战坡一片欣欣向荣，君王减赋的消息让族人们干劲更大了，大家在郑香莲族长的带领下，大力开荒种粮，疏通沟渠。连捕鱼的兄弟们都捕得多了些，拿到城里为族人们换来了大量的食盐、针线等必需品，还换来了布匹绸缎等时令货物，族里的大姑娘小媳妇们一个个都乐开了花。

郑香莲还在为她栽种果树的想法发愁。虽然在郑小妹、聂志远的辛勤劳作下，从山上挖下了几棵果树，栽在了山下最好的田里，并且经常浇水，不知是什么原因，总是栽不活。就连请教了族内郑长益等几位种田的好手也找不出原因。不过老人们说，栽种果树原来也试过，但没有好的种子，没有效果。既要有适宜土地生产的种子，也要有符合人们口味的果实，不然在集市上换不出钱来。

这天傍晚，在家里朝拜完观音菩萨后，郑香莲信步走上了清江堤，她要去看看郑小妹栽种的果树情况。来到山边开垦的田地边，郑小妹她们都回家吃饭了，没有一个人。栽种的果树一棵棵垂着枝叶，没精打采的，有的树叶黄黄的，有的树叶已经掉了大半，郑香莲知道，要不了多久这些果树都会死的。到底是什么原因呢？郑小妹挖来时都很小心仔细，在山上长得好好的果树，为

橘
神
传
说

什么到了这里就栽不活呢?

想着想着，郑香莲在清江堤边坐了下来。这里留有她和秋山哥很多美好的回忆，虽然随着时间的流逝回忆慢慢冲淡，但一来到这里，那些美好的场景仍然浮在眼前。郑香莲不由得沉思起来。

朦胧中，她好像看到了一个人慢慢走来，不，好像是从天而降。郑香莲不由得呆住了。

那个人越来越近，朦胧中，郑香莲看见，是一个宝相威严的贵夫人，只见她头上戴一顶金叶纽，身上穿一领淡淡色，前挂一面对月明，腰系一条冰蚕丝，手内托着宝瓶，瓶内插着一枝垂杨柳。

待走到跟前，郑香莲还未醒悟。只听贵夫人双唇微启:"香莲，你不认识我了?"

这一句如雷霆万钧，瞬间郑香莲就开悟了。这不就是日夜朝拜的观音菩萨吗?

郑香莲急忙跪拜在地，双手行礼:"救苦救难大慈大悲观世音菩萨，真的显灵了。"

观音菩萨道:"郑香莲，你日夜朝拜，不就是拜我吗? 今日我到了你跟前，你怎么没话说了。"

郑香莲道:"观世音菩萨，我日夜朝拜，只为天下人祈福。我自己没有什么需要求观音菩萨的。"

观音菩萨说:"这样甚好，不愧为玉帝赐的性命。郑香莲，我知你今日有难，特来解难来了。"

郑香莲说:"观音菩萨，我今日怎么有难，我今天好好的，没有难呀。"

观音菩萨笑笑:"你再仔细想想。"

郑香莲说:"原来我祈求观音菩萨显灵，为天下百姓请求君王减赋，结果观音菩萨指点了迷津，既救了君王，也减了赋，百姓都知道是观音菩萨的功劳，都感激得很。"

观音菩萨道:"拯救万民于水火，是我的职责所在。这也有你的功劳。"

郑香莲说："我一切谨遵观音菩萨指点行事，始终把造福大众为我的职责。"

观音菩萨说："这就对了，我今天来就是为了这件事，需要你继续造福大众。"

郑香莲说："我这条命就是天帝所赐、观音所救，有什么事请观音菩萨尽管吩咐。"

观音菩萨说："你的身世已经够苦的了，没有什么需要你再经历坎坷了。"

郑香莲说："那就什么需要我去做呢?"

观音菩萨说："你刚才在想什么?"

郑香莲说："我刚才在想，虽然现在减赋后，民心顺，人心齐，都在种植庄稼，但没有一种果树能在这里栽种。现在人们安居乐业，除了粮食外，还喜欢吃果子。如果有了这种果子，那人们的生活就更好了。"

观音菩萨说："对，我正是为此事而来。"

郑香莲说："太好了，观音菩萨教我们种果树来了。"

观音菩萨说："教种果树是你的事，以后你要历经千辛万苦，教会人们种果树。我现在是送种子来了。"

郑香莲说："对，我们现在最急需的就是适合的果子。如果有了种子，我保证我们克服任何困难，都要把这果子栽种下来，传播开来，让更多的人受益。"

观音菩萨说："这才是教你造福大众的本意。为百姓请愿，恳请君王减赋，这是为万民祈福的大功德。栽种果树，传播果实，这也是造福大众的善义之举。"

郑香莲说："香莲谨遵观音菩萨教诲。"

观音菩萨说："你记得你是怎么出生的吗?"

郑香莲说："香莲记得，听我妈说是观音菩萨赐了一个仙果，我妈吃了才受孕的。"

观音菩萨说："对，那颗仙果本是王母娘娘后花园的仙果，名叫柑橘，为百果之王。柑橘全身都是宝，不仅果肉可食，其果皮是药，其内络、籽核都是药物。可以说柑橘全身都对人们有益，所以称之为百果之王。"

郑香莲说："原来是百果之王柑橘，我的性命是果皮救的，连君王的病也是果皮治好的呢。"

观音菩萨说："对，现在尘世百业待兴，万民蓄势待发，正是发展柑橘最好的时候。柑橘虽为仙果，但适应性强，尤其适合此地栽种。我经请求玉帝和王母娘娘开恩，终于求得果籽，现送给你，你要好生栽种，生根发芽，遍地开花，造福万民，不辜负了我的一片心意。"说完，交给郑香莲一颗白白的果籽。

郑香莲双手小心地接过果籽，只见小小的果籽，两头尖尖，中间鼓圆，好像孕育着生命一样。

观音菩萨还耐心地教给郑香莲栽种方法，怎样播种，怎样发苗，怎样散枝等。

郑香莲仔细地听着，深怕遗漏一个字。观音菩萨讲完，问郑香莲"听懂了没"，郑香莲点头称是。

郑香莲还在回忆观音菩萨教授的方法，待她想明白后，抬起头来，观音菩萨已不见了踪影，只留下黄昏时远山模糊的痕迹。郑香莲知道观音菩萨已经离去，忙跪拜在地，双手行礼："香莲一定不辜负观音菩萨的重托，把柑橘栽种好，传播开来，造福百姓。"

郑香莲马上在开荒的田地里找了一个位置，挖开一个小坑，小心翼翼地把果籽放入坑中，再轻轻掩埋，又浇上了水。就这样，第一颗柑橘种子在大战坡种下去了。

第二天一大早，郑香莲来到了昨夜播种的地方，只见那一个小土堆上长出了一根小树苗，绿油油的，椭圆形的树叶煞是可爱，一根根枝条向四周散去，显出旺盛的生命力。

郑香莲正看得出神，郑小妹也来到了田边。郑小妹好奇地问郑香莲什么事，因为族长事情多，这么一大早就来到田里还是少有的。

郑香莲把昨夜观音菩萨显灵的事讲了一遍，嘱咐郑小妹，这里栽的是仙果柑橘，这根树苗一定要好生看管，要靠它长出更多的果树来。郑小妹知道这仙果来之不易，把它当作宝贝一样。说来也怪，这块开垦的山地里，种别的果树都栽种不活，可不知是仙果有灵气的原因，还是仙果适合在这里栽种，柑橘种下去没几天，便长出半人多高的树枝来。

在别的果树垂头丧气的时候，唯独这根果树雄姿英发。旁人都看出了奇怪，纷纷找郑小妹打听怎么回事。郑小妹骄傲地说："这是观音菩萨赐给大战坡的仙果，名叫柑橘，我们要靠它长出成千上万的果树来呢。"

就这样，一传十，十传百，人们都知道了这根在这里成活的仙果是柑橘，它不仅救了郑香莲族长的命，还救了君王的病，具有神奇的效用。人们都把它当作神物一样，安排了防务队日夜巡逻，防止被人偷走仙果。

到底是天宫仙物，在长了一个月后，柑橘已经长成一人高的大树了，浑身青翠，满树枝叶，绿绿葱葱，孕育着生命和力量。并且枝条四周散开，枝条上再长了若干小枝条，贪婪地吸吮着甘甜的雨露，沐浴着柔和的阳光。

郑香莲按照观音菩萨教授的方法，小心地剪下枝条，让族人们插入松软的土中，再浇水，这样就又有了一根柑橘树苗。

就这样，从这根柑橘树苗中，郑香莲她们一共栽活了上百棵树苗，齐整整地长在江边的山地上，树体强健，长势旺盛，枝梢细密，叶色浓绿，远远望去象一队整装待发的将士一样。

族人们喜欢这些橘树，他们知道这是天宫的仙果，像照顾婴儿一样照料周全，浇水、施肥、捉虫、松土，一样样都按照观音菩萨教授的方法来管理。

这些橘树在族人的精心照料下，适应性强，长势喜人。春节一过，橘树上便开满了白色的小花，像是树上落满了一层白雪。温暖的春风吹过，黄色的花蕊中散发着阵阵清香，扑鼻而来，整个大战坡都沉浸在橘花的清香中。再过十来天，白色的小花凋落，一颗颗佛珠般大绿绿的、圆圆的橘子长满枝头，惹人喜爱。

随着夏天到来，柑橘越长越大，叶子变得更加茂盛起来，颜色也由浅绿变为深绿了。到了秋天，收获的时节来了，一个个黄澄澄的柑橘又大又圆挂满枝头，像一个个黄灯笼。

族人们都从未见过柑橘，虽然知道这是仙果，但不知道如何食用。他们都知道只有郑张氏吃过观音菩萨送的柑橘，便簇拥着郑张氏来到橘园，让她示范怎样吃柑橘。

郑张氏来到柑橘树下，轻轻地摘下一颗黄亮亮的柑橘，小心地捧在手心里。她知道自己还是二十年前吃过这种果子，当时还不知道它叫柑橘，只知道它是观音菩萨赐的仙果。当时吃的是仙果，是王母娘娘后花园的仙果，现在拿在手里的是大战坡的土地上长出的果子，是郑香莲、郑小妹她们亲手栽种出来的果子。这个果子和她记忆中的仙果一模一样，都金黄金黄的，圆圆的，有一种神秘珍贵的感觉。

郑张氏小心地撕开金黄的果皮，一瓣瓣橘瓣显露了出来，她认真数了数，总共有十瓣。她将十瓣全部分开来，一瓣瓣的柑橘象一个个小月亮一样，里面的果肉像一颗颗饱满的米粒。有人惊奇地说："看啊，这个果子里面还有大米呢。"

郑张氏将橘瓣分给周围的族人们，自己将一瓣柑橘送入口中，轻轻咬着果肉，果然和二十年前仙果的味道一模一样，甜津津的，就像吃了蜜一样。

族人们也和郑张氏一样，将橘瓣放进嘴里一咬，香甜的汁液立刻沾满舌头，顿时满口生津，酸甜可口。族人们都惊奇地大叫起来，原来这个柑橘这么好吃，从来没吃过这么好的果子。

在郑张氏的带领下，族人们纷纷小心地摘下柑橘，送给族内的老人、小孩们分享。

这时，郑香莲带领大家们，将金灿灿的、熟透了的柑橘小心地采摘下来，将进果筐。再由王成他们运到集市上去出售。

还不到下午，王成他们就欢天喜地地回来了。王成高兴地拉着郑香莲说："没想到，我们的果子这么俏，柑橘真是好东西。我们把柑橘一拉进集市，金黄色的柑橘便迷住了所有人，大家都围过来看，我们拿出几个柑橘，剥开后分给大家尝尝，结果一尝，大家一下子把我们的柑橘全抢光了，没买到的还在问我们明天有没有卖的呢。"

郑香莲知道柑橘是仙果，又是百果之王，肯定受欢迎。关键是适应本地栽种，能为族人带来财富。于是，在郑香莲的安排下，将现有的柑橘进行了分类，已经成熟了的先行采摘，运到集市去卖，没有熟透的，稍后一步采摘。

由于柑橘俏销，深受城里富贵人家的喜爱，族人们往往摘下一筐，还未送到城里便被人们抢购一空。有的甚至还不远几十里路，从城里来到大战坡，到果园采摘柑橘，享受边采边吃的乐趣。

柑橘给族人们带来了大量的财富，族人用卖柑橘得来的银两，来购置生活必需品，来增添家具、农具，来买首饰衣裳。大战坡一片欣欣向荣的景象，人人脸上都露出了欣喜的笑容。一筐筐柑橘运出去，换来的是一堆堆的银两。族人们都感激观音菩萨，是观音菩萨求来的仙果，才让大战坡人享受到了柑橘的益处。

族里的收入多了，一些年老的长辈提出要翻修祠堂，兴办公学，王成他们提出要整修道路，方便柑橘运输和销售。郑香莲统统作了安排，由郑长益等长辈负责翻修祠堂，由郑大同等人负责兴修学堂，由吴刚负责聘请私塾老师，由王成负责整修道路，由郑小妹负责管理橘园，由聂志远继续负责捕鱼。所有族人都在郑香莲的安排下，有条不紊、紧张有序地努力工作，整个大战坡都笼罩在喜悦而紧张的气氛中，郑族在郑香莲族长的带领下，不断发展壮大。

看到柑橘带来了如此大的收益，郑香莲决定扩大种植规模，继续发展柑橘生产。有了第一次栽种的经验,郑香莲和郑小妹带领族人,又开垦了几十亩山地,种植下柑橘的枝条,细心管理,来年就可长大,再过一年就有收获。

第二十八章

这天，郑香莲正在橘园察看新栽种橘苗的长势。突然，听到一阵阵嘈杂的声音，郑香莲走过去一看，原来是防务队的族人拦住了几个外乡人。

那几个外乡人一看到郑香莲来了，忙大喊："郑族长、郑族长"。

郑香莲一看，原来是周围的乡邻，分别是青林寺的骆族族长骆盛华、赵族族长赵开元，还有几个人不认识。她忙拦住防务队，说："这些都是乡邻，是我们的客人。"

郑香莲问骆族长："不知骆族长远道而来，所为何事？"

骆族长说："我们本来想去府上找郑族长的，可听说你到橘园里来了，所以才冒昧前来。"

郑香莲说："有事好说，我们都是乡里乡邻的。这几位我还不认识呢？"

骆族长连忙作了介绍，都是几位宗族的族长，有廖家湾廖族的族长廖兴盛、有周家河周族的族长周开元、有红光陈族的族长陈富贵。

郑香莲一看这么多族长来找她，以为有什么大事要事，忙问："不知几位族长远道而来，到我小小的大战坡，所为何事。"

骆族长他们几位相互看了看，没有开口。

郑香莲以为他们认为这里人多嘴杂，不方便讲话，便把他们引到自己的家里。想到自己年轻，恐怕怠慢了几位族长，还专门请来了族内的长辈郑长益老爷爷来陪。

待大家坐定，郑香莲又问："我们都是乡亲，不知几位族长前来有何事，我们大战坡是小地方，恐怕有招待不周的地方，还望族长们谅解。"

骆族长说："哪里，哪里，大战坡如今人旺财旺，兴旺发达，我们是特地来学习的。"

郑香莲说："不敢当，我们只不过依靠种植柑橘，现在族内宽裕了一些罢了。"

骆族长说："郑族长，不要谦虚了，现在哪个不知，谁人不晓郑族是宜都府内数一数二的大族。大战坡的柑橘现在这么出名，听说都卖到州府了。"

郑香莲说："大河有水小河满，现在整个国家好了，人们安居乐业，手中有闲钱了，才买柑橘吃。我们只不过沾了些光。"

赵族长性子急一些，他喝了一口茶，差点呛住。他开口说："郑族长不要谦虚了。实不相瞒，我们是来学习你们种柑橘的。"

听说他们来学习种植柑橘，郑长益老人插话说："听说你们各族都族业兴旺，有的发展养鱼，有的粮食种的好，有的茶叶面积大，为什么想到要发展柑橘呢？"

骆族长摇摇头说："现在都不行了。现在养鱼的多了，鱼价低，并且活鱼不而保管，死鱼就不值钱了。"

赵族长说："我们种植粮食，只够我们自己吃的，有时候买盐的钱都没有。"

周族长说："我们茶叶面积大，可我们那里不适合种植茶叶，茶叶品质不好，都卖不出钱来。"

郑长益听他们如此一说，急忙说："不行，不行。我们这里的柑橘是观音菩萨赐的仙种，好不容易种活了，有了一点收益，你们就来要，这不是抢我们的饭碗吗？不行，我们坚决不答应。"

听郑长益老人这么一说，骆族长他们几位面面相觑，说不出话来。过了好一会儿，骆族长才怯怯地说："我们也不是抢饭碗，我们是来商量看看我们那里能不能栽种柑橘。"

郑长益说："这个柑橘是天上的仙果，百果之王，观音菩萨说了的，只能在大战坡栽种。"

赵族长站起来想说什么，被陈族长拦住了。陈族长说："郑族长，长益老人，我们也是看到郑族发展得这么好，想想我们那里还是缺衣少穿的，没有办法才出此下策。我们也知道我们这样想法不对。如果你们反对，那我们就算了。"

见陈族长如此一说，郑香莲急忙说："大家先喝茶，我们再商量一下。"说完，拉着郑长益进了后面的小厅。

郑长益知道郑香莲的善心又动了，想劝服他。他大声说："郑族长，对我说没有用，你看现在我们全族因为种植柑橘才生活这么好，如果把柑橘给他们种，大家都种柑橘了，量多价贱的道理你肯定是懂的。到时候价格一低，我们的收入就少了。族人们都要说话的。"

郑香莲说："长益爷爷，你说的道理我都懂。但请听我说，柑橘是仙果，本是天宫之物，为何观音菩萨要它下凡呢，并且还要我造福大众呢。原来我还不十分清楚，现在骆族长他们一说，我明白了，观音菩萨是要让百姓都种植柑橘，让大家都靠柑橘致富，这样不就是造福大众了吗？"

郑长益想了想，问："那种植的柑橘多了，价钱就低了，你想过没有？"

郑香莲说："这个问题我也想过，但再想一下，柑橘现在只在我们本地销售，最多卖到州府，如果我们卖到外州，卖到都城，那该要多少柑橘呀，恐怕我们这里全都种上柑橘还不够卖呀。"

郑长益又说："你不要看他们那几个族长现在低三下四地来求我们，想当年，我们条件不行时，找他们借点什么东西都借不到，连我们从他们那里过路也要看他们的脸色。"

郑香莲笑了笑，说："此一时彼一时，我们不能因为他们对我们怎样，我们就对他们怎样，那我们就不是和他们一样了吗？古人云：己所不欲，勿施于人。反过来，我们不想他们今后对我们这样，我们现在就要大度点，让他们明白这个道理。"

郑长益沉思一会，想了想说："郑族长，你说的我都同意，我也信佛，观音菩萨说的话我肯定听，但我怕族人们不同意呀。好不容易得来的好生活，我怕族人们想不通。"

郑香莲说："这样，今晚开全族大会，我亲自向族人们讲道理。我想只要观音菩萨保佑，族人们会想通的。"

郑长益说："只有这样了。"

郑香莲折回房内，骆族长等人还在暗自发愁。

郑香莲笑着对大家说："大家都知道，柑橘是仙果，是观音菩萨赐给我们大战坡的百果之王。柑橘能不能栽种到你们那里，也不是我能决定的事。不过各位族长请放心，我们今晚开全族大会，由全族定夺此事，我相信到时候会给大家一个满意的答复的。"

众位族长相互望了望，点点头，毕竟柑橘现在是大战坡的饭瓢子、命根子，要在别处发展柑橘，肯定会让郑族的利益受损。郑香莲族长如此说，还是没彻底断了他们的路子，还是有希望的。众位族长告辞郑香莲，相约明天由骆族长来听回话。

当天晚上，在郑氏宗祠里，一听说郑香莲准备把观音菩萨赐大战坡的柑橘教给外地种植时，祠堂里便议论纷纷，吵翻了天。有的说这是观音菩萨赐给大战坡的神果，怎么能轻易教给别人呢？有的说这是自己砸自己的饭碗，有的说这是胳膊肘往外拐，总之，说什么的都有，反正就是一点，柑橘只能在大战坡种，不能在别处种植。

耐心地听族人议论完了之后，郑香莲说起了她的道理："现在我们郑族在大战坡种植柑橘成功了，给我们带来了财富，我们的生活好了。这是大家辛勤劳动的成果，更受益于观音菩萨，是观音菩萨赐的仙果，我们才得以找到一种适合我们这里栽种的果实。不然的话，我们还在苦苦寻找。郑小妹，你说是不是？"

郑小妹肯定地点点头，说："我们从山上挖了几十种果树下来，在我们这里都没有栽活，或者结不出果子来，或者结出的果子又苦又涩。没有观音菩萨赐的仙果，也许我们现在还找不到合适的果树。"

郑香莲说:"对,观音菩萨无所不知无所不能,她知道了我们的难处,才求肯天帝和王母娘娘同意,让仙果下凡,把柑橘的种子给我们大战坡种,我们才因此受益。但观音菩萨赐仙果下凡,肯定不会只让柑橘在大战坡种植,观音菩萨要我造福大众,肯定是想让我把柑橘种植到千家万户,让大家都受益。"

这时,有族人说道:"如果观音菩萨要到处种植柑橘,为什么不把果籽给别处呢?"

郑香莲笑着说:"大家肯定知道我的身世,我是观音菩萨赐给我母亲吃仙果才受孕的,所以观音菩萨想通过我来传播柑橘,让大家都种上柑橘。"

又有族人说道:"今后如果到处都种柑橘了,那我们的柑橘卖给谁呢?"

郑香莲说:"我们大家都种柑橘,就是要我们大家都富裕,我们本地柑橘多了,我们就销往处地,销往州府,甚至销往都城,让君王也吃到我们的柑橘。你忘了,橘皮还治了君王的病呢,君王肯定会吃柑橘的。"

这时,郑长益老人笑着说:"到时候,我们卖柑橘卖到都城,还可以逛逛都城,说不到还可以遇到君王呢,多好啊。"

有族人说:"我们把柑橘送给君王吃,君王不得赏赐多少银两啊。"

底下哄堂一笑。郑香莲感激地看了郑长益老人一眼,他年高威信高,说话分量重,他这一说话肯定会有多数的人会听他的。

郑香莲继续说:"我们现在虽然种了柑橘,靠卖柑橘生活好了。我们今后就是柑橘种植的师傅了,别处要种植柑橘,肯定要请大家去,大家不用卖柑橘,靠教别人种柑橘,一样有好日子过。"

郑香莲这样一说,解了大家的后顾之忧。郑香莲本来在族内威信就高,大家都听她的话,加上观音菩萨赐的仙果,肯定要普度众生的。大家思想慢慢转过弯来。

郑香莲继续说："如果只在我们这里种柑橘，我们生活好了，旁边的骆族、赵族他们日子不好过，他们没有饭吃了，到时候说不定有上山为匪的、有拦路抢劫的，那我们这里还得安宁吗？再说我们都是乡里乡亲的，通婚的多，亲朋好友多，我们难道自己生活得好，自己的娘家、婆家或者亲戚家穷，我们自己就好过了？我们何不让他们都种上柑橘，我们生活一样好呢？"

说到这里，族人们基本上没有反对的声音了。

接下来，郑香莲说出了她的安排："郑小妹带领熟悉栽种的人，到骆族、赵族他们那里去，指导他们平整土地，开挖沟渠。郑道本从我们自己的果树上剪下合适的枝条，在我们自己的田地先试种，待长到半人高时，再移到他们的田里去。"

就这样，发展柑橘、造福大众就在这样一个族会上确定了。大战坡的柑橘从此就走出了大战坡，走向了周边，走向了全国。

橘神传说 ○

第二十九章

　　慢慢的，经过人们的辛勤劳作，天宫的仙果、百果之王——柑橘，从大战坡慢慢种植开来。先在宜都府、再到湖北、最后全国，柑橘种植面积之大，已经逐步成为大米、小麦、玉米等主要粮食作物之后的第一大种植水果，柑橘收益之大、柑橘受益之广，不少农民已将柑橘作为主要农作物来栽种。

　　大战坡的柑橘走向了全国，甚至走出了国门。由于柑橘是百果之王，现在不仅柑橘作为贡品，走进天宫，供君王享用，而且作为国礼，成为天宫礼尚往来的重要礼物，深受国外友人的喜爱。

　　正如郑香莲说的一样，把柑橘从大战坡传播开来，不仅没有让大战坡人没有饭吃，他们现在比原来生活得还好些。因为这里是仙果柑橘的原产地，是观音菩萨赐给大战坡的礼物，所以人们还是争相购买大战坡的柑橘，这里不仅柑橘长得好看，而且品质最好。大战坡的柑橘外形扁圆，色泽橙红，果皮光亮细薄，果肉脆嫩，爽口化渣，风味浓郁，香气宜人。人们都说，这里不愧是柑橘的故乡，这里的柑橘才对得起仙果的名誉。

　　除了栽种柑橘，大战坡人还外出帮助种植柑橘，不仅到处游山玩水，见到许多大场面，而且和郑香莲说的一样，收入也比原来的更多了。

　　大战坡已不再是原来的那个大战坡，这里更加繁荣、更加热闹、更加富足。但郑香莲仍然还是那个郑香莲，为郑族的事情忙碌着，为柑橘忙碌着。由于年事已经高，郑张氏已经化骨仙去、入土为安了。族内的事宜，在郑道本等人的相扶下，也越来越顺，没有什么事再让郑香莲操心的了。但郑香莲仍然喜欢在村里到处走一走，看一看，这里是她的故乡，这里有她的亲人。

这天，郑香莲来到清江堤边，坐在岸上，望着静静流淌的江水，又想起了她的父母，想起了她的秋山哥。

正在这时，郑香莲感觉远处有一个身穿白衣的人走了过来，待走近一看，竟是观音菩萨。

因为原来见过观音菩萨显灵，所以这次她一点也不紧张。

郑香莲跪拜在地，双手行礼："恭迎观世音菩萨。"

观音菩萨微笑着："香莲，我受天帝之命，特来宣你上天庭。"

郑香莲大惑不解："观音菩萨，我在这里好好的，为什么要上天庭？"

观音菩萨笑道："香莲，你记你的身世了，你本不是凡间人，你上天庭是应该的。再说你在凡间的使命已经完结，也该重返天庭了。"

郑香莲虽然从母亲口中知道自己的身世有些奇特，但听观音菩萨说了话还是不懂："观音菩萨，我到底是什么人？为什么不是凡间人呢。"

观音菩萨解释道："你本是天界的圣果仙子，因受玉皇大帝之命，托百果之王柑橘下凡尘，故而脱胎为凡人，在世间历劫，今劫数已满，特来宣你重返天庭。"

听观音菩萨一说，郑香莲又惊又喜：原来自己是天上的仙子，背负使命特下凡尘，就是为了将柑橘这一仙果落入凡间，让柑橘在凡间种植、传播，现在使命已完，所以要返回天庭交差。郑香莲心想，难怪自己经历那么多苦难，而又经常逢凶化吉，有观音菩萨相助，原来自己背负使用的神仙呀。

观音菩萨见郑香莲还在暗自思量，问："香莲，尘世间还有什么可留恋的？"

郑香莲说："我父母已逝，已无亲人可留恋，但郑族的人怎么办？柑橘虽种植广泛，但它怎样延续？"

观音菩萨笑道："香莲，你父母已逝，你已报父母恩情。赵秋山为你而死，你为他守孝不嫁，还孝敬其父母，也算报恩了。你在这尘世间自无留恋。你上天后，郑族自有能人担任族长，香火不断，延续万年。柑橘本是仙果，在凡间生长自不用担心，这些你都不必忧愁。"

郑香莲说："这样最好。"

观音菩萨说："好了，随我上天去吧。"

郑香莲点头。观音菩萨伸手拉住郑香莲，用手一挥，一个莲台显现在前面，观音菩萨拉着郑香莲上得莲台。莲台冉冉升起，直向天庭而去。

到了天庭，到处云雾缭绕，处处亭台楼阁，奇峰异石。

郑香莲在观音菩萨的带领下，进入云霄宝殿。只见三界众真、诸天帝君、十方神王，以及各洞各山神仙散仙，都在殿下站着。

郑香莲一路走过去，一个个似曾相识。那些神仙帝君见到郑香莲亦不奇怪，纷纷颔首施礼。郑香莲忙还礼不迭。

待众人行礼完毕，观音菩萨拉着郑香莲来到居中，指导郑香莲向座上一人跪拜，观音菩萨说道："天帝在上，观音特带圣果仙子前来复命。"

郑香莲只见一阵威严的声音传来："圣果仙子请起。"

话音刚落，郑香莲只觉得一阵轻风徐来，不由得站立起来。郑香莲抬头一看，正中坐着的那人宝相森严，不怒自威，身着九章法服，头戴十二行珠冠冕旒，双目下视，正含笑着望她。

郑香莲知道这就是了。

正在这时，玉皇大帝又问她："圣果仙子辛苦了。"

郑香莲知道是在问她，忙答谢："谢玉皇大帝，我已完成使命，特来复命。"

这时，观音菩萨将郑香莲的身世及栽种柑橘的事讲述了一遍。

玉皇大帝说："柑橘本是仙果，生在天庭中，长在后花园，吸日月精华，得雨露滋养，常年听经闻佛，也渐得佛性。听闻凡间疾苦，百姓哀号，甘愿以身下凡，奉献人间。赖何生虽仙体，形为固着，不能独自下凡。你为圣果仙子，知晓柑橘心愿，求得观音菩萨下凡渡劫，帮助柑橘奉献人间，也算是积一大功德。今日事成，心愿既了，可喜可贺。"

众仙都恭贺不已。

郑香莲说："我下凡乃是帮助柑橘造福大众，我无功无德，柑橘以身奉献，用是无上功德，请玉帝明鉴。"

玉皇大帝说："柑橘虽有心，但没有你下凡相助，也是一片枉然，你下凡历经劫难，既渡人也渡己，所以你是首功一件。你本是圣果仙子，所以要封神。"

玉帝说完，便有小仙唤道："圣果仙子上前听封。"

郑香莲知道天命不可违，便向前一步跪拜在地。

玉皇大帝说："今日圣女仙子渡仙果柑橘下凡助民，首功一件，封为橘神。"

郑香莲知道自己原告是仙子，虽也是神仙，但是天庭的小神仙。这一下子封为了橘神，便是大神仙了。这一步迈得太大了。她不敢相信，也不敢领封。便说道："小仙恳请玉帝收回成命。"

玉皇大帝一愣："为何？"

郑香莲说："玉帝封小仙为橘神，小仙不配。"

玉皇大帝说："根据你的功德，当之无愧。你为何说你不配。"

郑香莲说："听闻小仙在升为大神仙，要历经千年，经万般磨难，而我只此一劫，就得此大功德，小仙有愧。"

玉皇大帝说："功德有大有小，有多有少。你下凡劫难，彰显了柑橘的无上功德，怎说不配呢。"

这时，观音菩萨在一旁劝道："香莲，你下凡虽只一劫，但功德圆满，可算无上无量。你团结族人，共同抗灾，共同抗匪，共同生产，岂不是和柑橘一样的意义吗。柑橘剥开后，里面一瓣一瓣的果肉紧紧包裹在一起，这就是团结的意义。"

观音菩萨说："你爱护族人，甘愿为族人牺牲，你爱护百姓，不惜以身犯险，甘愿为百姓进京请愿，此大爱也。柑橘本为仙果，为助民甘愿奉献自身，这不是和你的大爱相吻合吗。”

观音菩萨继续说："你愿意和族人分享食物，分享欢乐，愿意和百姓分享柑橘，分享财富，这就是分享的意义。柑橘一瓣瓣剥开，最适合分享，也是要和他人分享。所以团结、大爱、分享，既是你的功德，也是柑橘的特点。你和柑橘已经合二为一，不分你我了，所以橘神非你莫属。"

郑香莲还要推辞，玉皇大帝这时不容推辞："圣果仙子，封你为橘神，既是对你功德的奖赏，也是赋予你新的使命。柑橘是百果之王，既是仙果，如今也是凡间之果，你既是橘神，就要负责掌管天上凡间的水果，不论开花结果，还是栽种移植，都需要你负责安排，你可知道这也是重要的任务呢?"

郑香莲知道这是玉皇大帝给她新的使命，忙答道："谢玉帝，小仙受封。"

听到郑香莲受封橘神，众仙纷纷前来恭贺，恭喜玉帝又多了一位得力的帮手，天宫又多了一位功德无量的神仙。也恭喜郑香莲终于修成正果，成为了神仙。

郑香莲当上橘神后，事情更多了，整天繁忙。既要掌管天宫的仙果生长，也要负责尘世水果的栽种，整天忙得团团转。

终于得一时片刻的清闲，她思念起她的故乡大战坡。意念一转，她便奏请玉帝，下凡来察看大战坡柑橘的长势。

来到熟悉的大战坡，一切都是那么的熟悉，清江还是那么的秀丽，村庄还是那么的整洁，就连柑橘还是那么的翠绿，就是橘园的面积更大了。

她来到宗祠，祭拜了父母、祖先，想到这是她转世的因缘，自己没能好好孝顺他们，不由得眼泪流了下来。正在这时，"香莲!"一声喊声惊动她。她抬着一看，原来是郑道本、郑大同、王成他们。

看到郑香莲，郑道本惊奇地大叫："真是她，郑香莲，我们的族长回来了。"

郑大同、王成他们也都围了过来。

郑香莲看着他们，一个个都没有太大变化，只是都老了一些。王成的头发都白了。

郑大同问："香莲，这些年你到哪里去了，我们到处找你，都找不到。"

王成说："我们大战坡种植柑橘，遍布大江南北，到处都有我们的人，我们到处打听，都说没看到你。"

郑香莲笑了，这些是曾经是她的族人，是和她一起同甘共苦的兄弟。郑香莲对他们说了她的事情，包括她下凡、历劫、种橘的种种。

郑道本说："那么说，你是神仙了，你是橘神，难怪不得能把柑橘这样的仙果栽种成活呢？你真是神仙。"

王成说："你既是橘神，你帮助我们种植柑橘，致富助民，你是好神仙，我们要为你修建祠堂，好让后人都知道你的功德，得到你的保佑。"

郑大同说："对，要为你修一座大大的祠堂，让世人都知道柑橘是百果之王，柑橘是你从天上引入凡间的，让凡间因柑橘受益的人都来拜你，都得到你的保佑。"

郑香莲说："不用，不用，我虽是橘神，负责掌管天上凡间的水果，但也不需要专门修建祠堂，你们知道我不喜欢这个的。我只喜欢和大家一起快快乐乐地生活就好了。"

王成说："你现在是神仙了，我们是凡人，我们怎么还能在一起生活呢？"

郑香莲想了想说："我是橘神，就是柑橘的化身，你们喜爱柑橘，你们房前屋后都种了柑橘，我们岂不是和从前一样，快乐地生活在一起了。"

郑大同说："对，我们还要种植柑橘，让柑橘遍布各地，我们到哪里都看得到你。"

郑香莲说："观音菩萨对我说，柑橘甘愿落入凡世，奉献自身为民，有大爱、分享、团结的寓意，所以我们做人也要一样，要有大爱奉献的精神，有分享共有的勇敢，有团结互助的信念，这样我们才不负于柑橘的精神。"

相聚的时刻总是短暂的，郑香莲上天庭的时刻来了。

郑香莲依依不舍地和众人分别，继续返回天庭履行她的职责。

郑香莲走后，虽然她说过不为她修建祠堂，但郑道本、郑大同他们商议，仍然召集族人，报请县府，为郑香莲修建了祠堂。消息传到州府，州府的张太史感动郑香莲族长甘于奉献、无私为民的精神，马上拟写奏折上奏郡国。君王见到奏折后，知道他原来想纳进宫中作王妃的郑香莲，原来是天上的圣果仙子，现在被玉皇大帝封为橘神了，感慨之余，书写"橘神"牌匾一幅，挂在了新修的祠堂上。

从此以后，橘神便名闻天下，世间种植柑橘，乃至种植水果的果农都来橘神庙里朝拜，歌颂橘神的功德，祈求橘神的保佑。并于柑橘成熟季节，选出橘神小姐作为橘神的象征，举办各种祭拜仪式，用来祈福，祈求风调雨顺，祈求五谷丰登，祈求国泰民安。